KB268577

긴 겨울 밤이 지나고

긴 겨울 밤이 지나고

초 판 1쇄 2026년 02월 26일

지은이 신상은
펴낸이 류종렬

펴낸곳 미다스북스
본부장 임종익
편집장 이다경, 김가영
디자인 윤가희, 임인영, 윤영빈
책임진행 이예나, 안채원, 김은진, 국소리, 송가희, 이지영

등록 2001년 3월 21일 제2001-000040호
주소 서울시 마포구 양화로 133 서교타워 711호, 808호
전화 02) 322-7802~3
팩스 02) 6007-1845
블로그 http://blog.naver.com/midasbooks
전자주소 midasbooks@hanmail.net
페이스북 https://www.facebook.com/midasbooks425
인스타그램 https://www.instagram.com/midasbooks

ⓒ 신상은, 미다스북스 2026, *Printed in Korea*.

ISBN 979-11-7355-737-8 03810

값 18,000원

미다스북스는 다음세대에게 필요한 지혜와 교양을 생각합니다.

긴 겨울 밤이 지나고

신상은 지음

미다스북스

서시

나는 행복하다
네가 이 세상에 존재한다는
그 사실 하나만으로도

외롭고 먼 이름 하나 있어
어두운 저녁마다
나를 지키는 별이 된다

우리의 운명은
애초부터 멀리 떨어져 있도록
예정되어 있는가
수천 광년을 달려가도
만나지 못하는 거리

외롭고 쓸쓸한 이름
하나 있어 고독한 저녁마다
나를 지키는 별이 된다
네가 이 세상에 그저 존재한다는
것만으로도 행복한 나

긴 겨울 밤이 지나고

목차

순수했던 그 시절

유년기

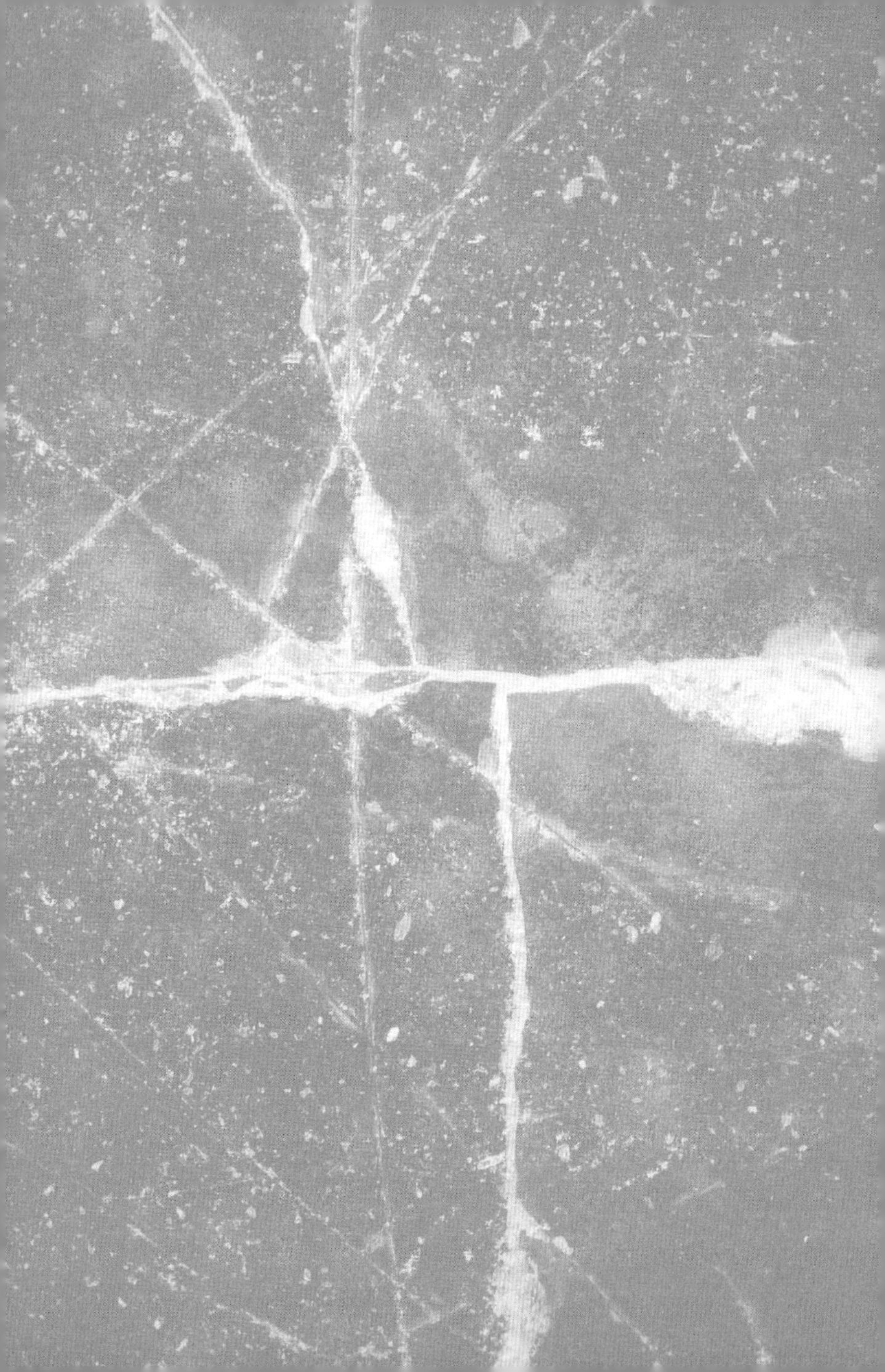

우리 또한 별꽃

하늘엔 별
지상엔 꽃

밤의 호수 위에
우리는 그저 작은 돛단배
광막한 우주 아래
자주 흔들리는 점 하나

인생이 초라할 때에도
꽃은 놀라운 신비
삶도 하나의 꽃이라면
기꺼이 살아볼 만한 것

경이에 가득 찬 눈으로
별을 바라보고
삶의 이유를 꽃 속에서 찾아보나니

제1장 순수했던 그 시절 _ 유년기

우리 또한

별이 만든 꽃이었나니

긴 겨울 밤이 지나고

풋사과

네가 톡톡 노크해 주었을 때
한 동안 문을 열지 않았지
그 설렘의 순간을 조금 더 간직하고 싶어서

네가 홀연 편지를 보냈을 때
한참을 뜯지 않았지
그 반가운 떨림을 영원 속에 봉인하고 싶어서

사과는 아직 붉게 익기 전이었고
이파리들은 햇빛 속에 반짝거렸지
나는 그 순간들이
언제나 내 곁에 있을 줄 알았지
풋사과를 좋아하던
철없던 그 시절에는

어머니의 손길

새벽빛 창가를 어루만지는 미풍
그 고요 속에 어머니의 숨결이 스민다
눈물로 빚어진 희망의 연고
그 따스한 손길이 이마를 감싸 안는다

운명의 칼날이 예고없이 스쳐 가도
어머니의 기도는 흔들림 없이 흐른다
떨리는 손끝으로 희망을 움켜쥐고
넘어진 자리마다 다시 일어서라 속삭인다

삶의 무게가 어깨를 짓누를 때마다
어머니의 손길이 나를 품어준다
눈물은 샘물 되어 흐르고
사랑은 바람 되어 지구 반대편까지 닿는다

보고 싶다 그 따스한 품

긴 겨울 밤이 지나고

그리운 숨결

잊히지 않는 온기

내 가슴 속 영원히 피어날 이름

어머니

별 하나

별빛은 7억 광년 전에 출발해서
빛의 속도로 달려온 후에
이제야 나에게 닿았다

지금은 사라지고 없다는 별
하지만 지금
내 앞에서 빛나고 있는 별

사라져도 사라지지 않는 것들이 있다
과거와 미래
이곳과 저곳
시공간을 넘어
보이지 않는 끈으로 연결된 우리

이 우주 어디에선가
너는 나를 기다리고

나는 알아보리라

외로운 별 하나 이정표 삼아

나는 가리니

너도 그곳에서

나를 향해 등대를 비춰다오

유원한 광야에 한점

붉은 마음으로 가리니

햇빛이 말을 걸다

길을 걷는데
햇빛이 이마를 툭 건드린다

봄이야 그 말을 하나 하려고
수백 광년을 달려온 빛 하나가
내 이마를 건드리며 떨어진 것이다

나무 한 잎 피우려고
잠든 꽃잎의 눈꺼풀 깨우려고
지상에 내려오는 햇빛들

나에게 사명을 다하며
떨어진 햇빛을 보다가
문득 나는 이 세상의 모든 햇빛이
이야기를 한다는 것을 알았다

긴 겨울 밤이 지나고

강물에게 나뭇잎에게
세상의 모든 플랑크톤들에게
말을 걸며 내려온다는 것을 알았다

반짝이며 내려오는 물방울들
초록으로 빨강으로 답하는 풀잎들 꽃들
눈부심으로 가득차
서로 통하고 있었다

봄이야
라고 말하며
떨어지는 햇빛에 귀를 기울여본다
그의 소리를 듣고 푸른 귀 하나가
땅속에서 솟아오르고 있었다

엄마 찌찌 줘

아침의 햇살이 살며시 나른한 구름을 깨울 때
따스한 손길이 내 볼을 스쳐 지나가네

"엄마 배고파 찌찌 줘" 작은 목소리가 속삭이며
엄마의 품속에서 온기와 함께 녹아나네

"내 작은 별 너의 고운 미소는 내 마음의 빛이란다"
엄마의 목소리는 새벽의 노래처럼 부드럽게 흘러

배고픔이란 건 겨울의 차가운 바람 같은 것
하지만 모유는 단비처럼 목마름을 적셔주고

"작은 햇살아 이제 너의 작은 손으로 나를 잡아줄래?"
자연스레 퍼지는 미소 마치 새싹이 피어나는 듯해

엄마의 사랑이 내 마음의 들판을 가득 채우네

긴 겨울 밤이 지나고

그리워지는 순간마다 그 따스함이 떠오르네

제1장 순수했던 그 시절 _ 유년기

강은 흐른다

강은 흐른다
뒷물에 떠밀려 혹은 앞이 보이지 않아도
흐른다 흘러간다 그저 흐를 뿐

강물이 어디로 흐르는지 애써 알려 하지 마라
정해진 길도 지나간 추억의 자취도 없이
계절이 바뀌어도 침묵으로 흐르는 강물에
사람이 어떻게 살아야 하는지를 묻는 것은 헛된 일이다
사랑이 어디로 흘러가는지를 묻는 것 또한 헛수고다

차라리 강물 위를 낮게 비상하는 갈매기에게
강물을 따라 나는 이유가 무어냐고 물어보라
강은 바다에 이를 때까지 그렇게 흐를 뿐이고
강에서 사는 새는 강을 따라 날 뿐이라 답할 것이다

강은 흐른다

긴 겨울 밤이 지나고

수많은 아픔과 그리움과 사연을 싣고
어제도 오늘도 쉬지 않고 흐른다
지푸라기 개를 태우고 그 모든 상실조차 흘려보낸다
아픔을 모르는 새들은 세월만큼 긴 강가를 날고
강 물결에 찰랑이는 불빛은 영롱하게 반짝일 뿐

강물에게 물어야 할 것은 따로 있다
어떻게 그 깊은 고통을 품고
이렇게 고요히 흐를 수 있느냐고
아무 일도 없는 듯이 침묵할 수 있느냐고

강은 흐른다
흐르는 것이 강물뿐이겠느냐마는
바람보다 먼저 흐르고 운명보다 먼저 닿는다
그 어떤 이유도 없이 강물은 아래로만 흐르고
사람은 세월을 거슬러 강변을 걷는다
그이의 뒷모습이 쓸쓸해 보이는 것은
길이 끝나도록 뒤돌아보지 않았기 때문이다

제1장 순수했던 그 시절 _ 유년기

꽃차

눈 예보가 있는 밤

눈을 기다리며 꽃을 우려낸다

오래전에 가벼워진 것들이 침묵의 물에 녹아 나온다

간절한 편지를 썼다가 찢어버린 적이 있는 사람이라면

한 방울의 뜨거움에

꽃잎이 다시 펼쳐지는 일을

열락이라고만 부르지 못할 것이다

아른아른 흔들리는 저 여린 꽃잎이

기억하는 햇살과 바람을

향기라고만 할 수도 없을 것이다

일생을 바쳐

무아를 얻는 운명도 있으니

물색을 두른 이 꽃은
전보다 순해진 다른 꽃이겠구나

언제나 무슨 일도 없이 격렬한 나는
느리게 피는 꽃의 시간에
맥박을 맞춰놓고
눈길로 어루만진다

한 장 한 장
꽃이 필수록 적막이 깊어진다
먼 하늘에서는 순결한 것들만 만들어진다

그대 고맙습니다

그대 고맙습니다
당신의 사랑을
내게 내어주심에 감사합니다

부족한 나에게
소중한 마음 한편을 내어주신
그대에게 고맙습니다
그대가 내어준 한편에
내 마음을 실어 보내고
그대를 향한 나의 사랑이
그대의 품속에서 자리 잡았으면 좋겠습니다

나의 사랑이 그대 마음속에서
상큼한 풀빛 내음으로
지워지지 않는 주홍 글씨처럼
당신의 마음에 각인 되었으면 합니다

긴 겨울 밤이 지나고

그댈 사랑합니다
그대 고맙습니다

다시 꽃

눈송이 내려온다
강물로 내린 눈은 바다로
땅으로 내린 눈은 숲으로

봄이 오면 바다가 비가 되고
풀잎에 이슬이 맺힐 텐데
그때 이 눈송이들
다시 꽃송이로 피려나

피지 마, 피지 마
피는 꽃 두려워

아니야, 아니야
피지 않으면 꽃이 아닌 게지

눈송이마다 그리움 번지고

긴 겨울 밤이 지나고

심장은 붉은빛으로 물들어도

이 눈 그치면

다시 꽃나무를 심으리

겨우내 지친 가지 위에

꽃봉오리 싹 틔우리

다시 또 다시

제비꽃에 대하여

제비꽃을 알아도 봄은 오고
제비꽃을 몰라도 봄은 간다

제비꽃에 대해 알기 위해서
따로 책을 뒤적여 공부할 필요는 없지

연인과 들길을 걸을 때 잊지 않는다면
발견할 수 있을 거야

그래, 허리를 낮출 줄 아는 사람에게만
보이는 거야 자줏빛이지

자줏빛을 툭 한 번 건드려봐
흔들리지? 그건 관심이 있다는 뜻이야

사랑이란 그런 거야

긴 겨울 밤이 지나고

사랑이란 그런 거야

봄은 제비꽃을 모르는 사람을 기억하지 않지만

제비꽃을 아는 사람 앞으로는
그냥 가는 법이 없단다

그사람 앞에는
제비꽃 한 포기를 피워두고 가거든

참 이상하지?
해마다 잊지 않고 피워두고 가거든

여행

얼떨결에 떠나자

기대는 조금만 하고
눈은 크게 뜨고 짐은 줄이자

어디라도 좋겠지만
사람과 엉키지 않는 순수한 곳이라면
만사를 팽개치고 뒷일도 접어두자

여정에 뛰어들어 보물이 드러나면
꿈꾸던 보자기마다 가득히 채워오자

문물을 얻지 말고 세상을 담아 오자
태엽을 달아 늘어지게 우려먹자

돌아오면 바로 어디론가 곧

12월의 질문들

버드나무 사이로 흰 달이 뜨고
미처 단풍 들지 못한 연녹색 버들잎 몇 개
호수 위로 점점이 떨어질 때
그것은 이별일까 지극한 사랑일까

겨울나무 우듬지에 푸른 가지들 엮이어
까치 한 쌍이 꼬리를 까닥이며 집을 짓는데
겨우살이인지 둥지인지 알 수 없는 그곳
새들에겐 아직 여름날의 꿈이 남아 있을까

여름내 유영하던 푸른 물살이
이제는 얼어 바닥이 보이지 않을 때
그 많던 송사리 떼는 다 어디로 가버린 걸까
도대체 이 추운 겨울을 어디에서 나고 있을까

얼음이 사선을 이룬 호수에 잔설이 날리고

긴 겨울 밤이 지나고

면벽 정진하는 수도자처럼 미동도 없는 오리들
딛고 선 붉은 발바닥이 얼음장을 붉게 물들이려면
얼마나 오랫동안 서 있어야 하는 걸까

12월의 질문들이 허공에 떠 있었다
시퍼렇게 오래도록

제1장 순수했던 그 시절 _ 유년기

강설

입춘도 지난 강에 눈이 내린다

이제사 눈 따위가 내려 봤자
무슨 새로운 것이 있으랴
한 송이씩 때로는 연이어
강물 속으로 스며든다
까마득히 물속으로 잠기어 간다
다 소용없는 일이다
강물은 흘러가지도 않고
그저 얼음 몇 덩이 띄운 채
아무 일도 없는 듯 침묵한다

그 때 철새 일곱 마리
힘차게 동남쪽으로 걸어간다
가야 할 길을 알고 가는 날갯짓은
주저함이 없다

긴 겨울 밤이 지나고

혹 그 길이 헛수고가 된다 해도
삶을 의심하기보다는
받아들이는 쪽을 택한다

돌아오는 길
다시 물결이 일고
눈이 퍼붓기 시작한다
살아가는 건 다 아름다운 일
내 마음속에 입춘 서설
눈물처럼 말갛게 녹아내린다
다시 바람을 타고 먼 길을 걷는다

삶은 긴 호흡이다

나무를 사랑한다면
햇빛 좋은 땅을 찾아서
옮겨 다니지 말 일이다

나무를 키우려 한다면
기름진 땅을 찾아서
옮겨 다니지 말 일이다

이 분주한 이동의 시대는
나무가 성장하기 위해서는
한 곳에 뿌리를 내려야 한다

척박한 땅에
머무르기만 해도
뿌리를 박으리라

긴 겨울 밤이 지나고

삶은 긴 호흡이다

나무처럼 머물러라

나무처럼 집중하라

뿌리처럼 착실하라

제1장 순수했던 그 시절 _ 유년기

겨울 호수

겨울 호수는 은빛을 사랑한다
그제는 은빛 물결로
오늘은 은빛 얼음으로

오로지 하얗게 빛나는 것들만이
지나온 어둠을 덮고
청정한 새 아침을 맞이할 수 있다는 듯
오로지 투명하게 반짝이는 것들만이
청정한 마음을 비추어
스스로를 돌아보게 할 수 있다는 듯

호수 위에는 잔설이 날고
얼음이 언 가장자리에서
오리들이 미동도 없이 침묵할 때
여태 연둣빛 머금은 버들잎 몇 개
소리 없이 가만히 떨어진다

긴 겨울 밤이 지나고

삶은 침묵 속에서 정결하나니

침묵으로 반짝이는 것들

은빛 일몰처럼 하루를 닫고

얼음 위에 내리쬐는 햇빛 한 조각에

하얀 빙설이 유과처럼 녹아간다

내 그리움도 맑게 스러진다

산책

물도 아니고

얼음도 아닌

살얼음 막 끼기 시작한 호수를 지나

눈도 아니고

비도 아닌

진눈깨비 흩뿌리는

소롯길도 지나

스쳐가는 인연도 아니고

가벼운 언약의 증표도 없는

아스라한 그리움의

경계에서 머물다

이제 집으로 돌아가는 길

버드나무

여름날엔 몰랐네
잎들은 푸르게 펄럭였고
곧게 뻗은 기상은 하늘을 찌를 듯했지

겨울 되니 알겠네
앙상한 뼈들 속에 드러낸 생채기들
옹이지고 휘어진 굴곡의 내력들
아, 거칠 것 없는 직선의 삶 아니었네
하늘로만 쭉쭉 뻗은 길 아니었네

방황과 주저 모진 풍파에도
결국은 바르게 산 생을 일궈온 버드나무
훗날 어느 지친 하루 먼 길 떠날 때
다시 버드나무 아래 설 날 있으리
오늘처럼 마음 굳게 다지며

하늘

어떤 때는
하늘에 높이 뜬 하얀 그것이
해인지 달인지 알 수 없는 날이 있었다

낮달이 외로움 속을 헤매고 있는 건지
구름 속에 해가 나타났다 사라진 건지
도무지 헤아릴 수 없는
흐린 날들이 있었다

내 그리움의 기원이 어디인지
첫 미소가 날리던 어느 봄날인지
그저 외로운 낙엽 떨어지던 어느 가을날인지
길을 찾고 싶었지만
그리움은 미로에서 자주 길을 잃었다

그것이 달이든 해이든

긴 겨울 밤이 지나고

어슴푸레 알 수 없는 날들이
오래도록 구름이 지나갈 동안
나는 세월이 말개질 때까지
오랫동안 쳐다보고 있었다

기억은 긴 그림자

한때는 하늘도
그대 발치에 머물렀지요
구름 위를 걷는 듯
눈빛 하나에도 길이 열렸지요

그러나 기억은
긴 그림자처럼 따라붙는 법
웃음 뒤에 맺힌
한숨들을 기억하십니까

목을 죄던 깁스는 벗고
이제는 고개를 돌려
눈을 맞추어야 할 때
사람은 권위보다 따뜻함을 원합니다

바람에도 귀를 열고

긴 겨울 밤이 지나고

먼지 앉은 의자부터 닦으십시오
권력은 자주
떠난 뒤에야
그 무게를 알게 되지요

그러니 있을 때
더 낮게
더 깊게
사람의 마음부터
앉으시길 바랍니다

소풍

하루 또 하루
실낱같이 이어지는 삶

매일매일이 소풍이라고 생각하자

힘들고 슬플 때도 있지만
가슴 설레는 일도 많은

너와 나의 인생살이
소풍 놀이하듯 살아가자

세월은 바람 같아서
사람 목숨 또한 그리 길지 않아

총총 이 세상 떠나가야 할 날
머잖아 찾아오리니

다람쥐 쳇바퀴 돌 듯
따분한 마음으로 살지 말자

오늘 또 내일의 하루하루
소풍하는 기분으로 살다가 가자

들꽃

주인 없어 좋아라

바람을 만나면 바람의 꽃이 되고

비를 만나면 비의 꽃이 되어라

이름 없어 좋아라

송이송이 피지 않고 무더기로 피어나

넓은 들녘에 지천으로 꽃히니

우리들 이름은 마냥 들꽃이로다

뉘 꽃을 나약하다 하였나

꺾어 보아라 하나를 꺾으면 둘

둘을 꺾으면 셋

셋을 꺾으면 들판이 일어나니

코끝을 간질이는 향기는 없어도

가슴을 파헤치는 광기는 있다

긴 겨울 밤이 지나고

들이 좋아 들에서 사노니
내버려 두어라
꽃이라 아니 불린들 어떠랴
주인 없어 좋아라
이름 없어 좋아라

맨 처음 마당가에
매화가 혼자서 꽃을 피우더니

마을 회관 앞에서
산수유나무가
노란 기침을 해댄다

그다음에는
밭둑의 조팝나무가
튀밥처럼 하얀 꽃을 피우고

그다음에는
뒷집 우물가 앵두나무가
도란도란 이야기하듯 피어나고

그다음에는
재 너머 사과밭 사과나무가
따복따복 꽃을 피우는가 싶더니

사과밭 울타리 탱자꽃이
나도 질세라 핀다

한 번도
꽃 피는 순서 어긴 적 없이

펑펑
팡팡
봄꽃은 핀다

위로

졸음에 겨운 오후
골목길 돌 틈 사이로
작고 가녀린 꽃 한 송이

쳐다보는 이 없어도
누군간 볼품없다 말하여도
혼자 씩씩하게 피었네

나는 들었네
조금 모자라도 괜찮으니
너도 해보라는 응원을!

나는 보았네
누구보다 힘차게
꽃대 올린 자부심을

숨결이라 불리는 시간

그래서 하루 종일 바람 소리에 귀를 댔다
매일 내 이름을 불렀다던 목소리들
어쩌면 내가 알아들을 수 있을지도 몰라
무궁화 꽃 돌돌 풀어 꽃 피우는 것이
나를 부르는 당신 목소리일까
하필 내 발끝에 떨어지는 쥐똥나무 까만 열매가
나를 부르는 당신 목소리일까
어떤 시간은 나의 전부를 밀고 가야만 나에게로 온다
내 눈빛에 내 귀에 끝없이 내 마음에 닿는
숨결이라 이름 불리는 시간
한 호흡이 끊어져 침묵으로 오고
한 침묵이 삭아져 숨결로 오는
이 모든 것은 이 곳의 삶
고단할 때도 아플 때도
흘러나오는 내 노래는 울음
내 몸 어디에 스몄다가 노래로 나오나

긴 겨울 밤이 지나고

내 뼈 어디에 맺혔다가 눈물로 나오나
내 숨결이 되었다는 지극한 당신
아직도 내 이름을 부르는가 멈추었는가
하루 종일 바람 소리에 귀를 댔다

고인돌과 벚꽃

수만 리 고인돌 묘지엔
해마다 같은 날
벚꽃들이 한꺼번에 흰 불로 타오르네

수만 리 멀고 먼 옛날
허리춤에 부싯돌 매달고 다니던
마고할미의 품에 안겨
풀과 나무와 바람과 흙의 정령이 된
청동시대 청년들

처녀들 데리고 나와
벚나무 가지 끝마다 창문을 내네
창문에 나와
일제히 부싯돌 불 켜네
반짝이네

곁에서 지켜보던 처녀들
흰 웃음소리 시끄럽네

가지 끝에서 창문 열어 재낀 벚나무
부싯돌 불
흰 웃음소리
타오르다 벚꽃 구름 되네

수만 리 아주 오래된 청동시대 마을

멀리 가는 물

어떤 강물이든
처음엔 맑은 마음 가벼운 걸음으로
산골짝을 나선다

사람 사는 세상을 향해 가는
물줄기는 그러나
세상 속을 지나면서
흐린 손으로 옆에 서는
물과도 만나야 한다

이미 더럽혀진 물이나
썩을 대로 썩은 물과도 만나야 한다

이 세상 그런
여러 물과 만나며
그만 거기

긴 겨울 밤이 지나고

멈추어 버리는 물은 얼마나 많은가

제 몸도 버리고 마음도 식은 채
길을 잃은 물들은 얼마나 많은가

그러나 다시 제 모습으로
돌아오는 물을 보라
흐린 것들까지 흐리지 않게
만들어 데리고 가는 물을 보라
결국 다시 맑아지며 먼 길을 가지 않는가

때 묻은 많은 것들과 함께 섞여 흐르지만
본래의 제 심성을 다 어지러뜨리지 않으며
제 얼굴 제 마음을 잃지 않으며
멀리 가는 물이 있지 않은가

겨울 숲을 아시나요

잎 지고
새 떠나간 겨울 숲에는
외로움만 사는 것이 아닙니다
혼자 남아 윙윙 부는
바람만 사는 것이 아니에요
인기척에 놀라 툭
소리도 없이 떨어지는
삭정이만 사는 것도 아니지요
아무도 모르게
꼭꼭 숨어 꽃씨가 산답니다
파릇파릇 새 순이 산답니다
부끄럽게 웃고 있는
꽃무리도 숨어 살아요
당신을 사랑하는
내 마음도 숨어 살지요
당장 보이지 않는다고

긴 겨울 밤이 지나고

초조해하지는 말아요
희망한다는 것은
어둠 속에 감추어진
그 너머를 바라보는 일이니까요
겨울 숲에는 두근두근
설레는 봄날이 숨어 살아요

민들레

보통의 슴슴한 어느 날이었어

아스팔트 틈 사이로 비집고 나온 노란 얼굴
낯이 익다 했더니
퍼뜩 기억이 났네 부슬부슬
솜털인지 별인지 앳된 소녀
후후 불었더랬지

이리 둥실 저리 둥실 어데로 가나
잊힐세라 서러워라 유년의 마음

더하기 곱하기 앞으로 나란히
앞만 보고 밟아댈 땐 미처 몰랐지

나의 기쁨 어린 꿈들
어디쯤 외로이 유랑 중인지

이리 둥실 저리 둥실 어데로 가나
한 세월 날아올라 여기 피어 있었네

높고 곧은 노란 얼굴아 안녕
다시 내게 팔 벌려 줄래?

설익은 꿈을 바스스 마주하던 나
순간 두둥실 떠올라 후 후
앳된 소녀 날아간다
나의 꿈 곁으로 너의 삶 속으로

보통의 슴슴하고 찬란한 어느 날

제1장 순수했던 그 시절 _ 유년기

세상에 첫발을 내딛다

청년기

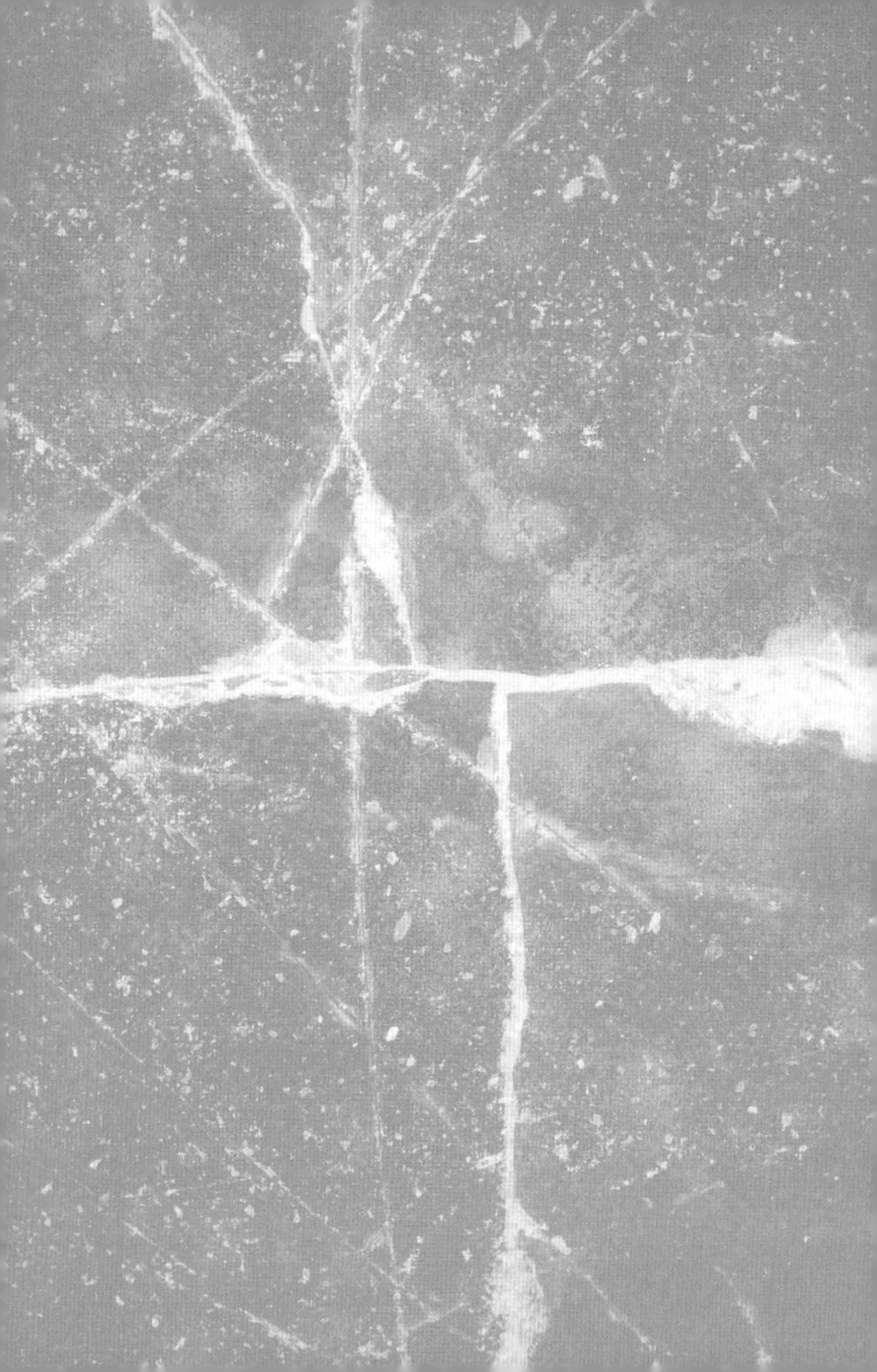

산속에서

길을 잃어보지 않은 사람은 모르리라
터덜거리며 걸어간 길 끝에
멀리서 밝혀져 오는 불빛의 따뜻함을

막무가내의 어둠 속에서
누군가 맞잡을 손이 있다는 것이
인간에 대한 얼마나 새로운 발견인지

산속에서 밤을 맞아본 사람은 알리라
그 산에 갇힌 작은 지붕들이
거대한 산줄기보다
얼마나 큰 힘으로 어깨를 감싸주는지

먼 곳의 불빛은
나그네를 쉬게 해주는 것이 아니라
계속 걸어갈 수 있게 해준다는 것을

제2장 세상에 첫발을 내딛다 _ 청년기

설

눈은 설렘이다

설하고 소리 내어 보면
마치 눈이 오실 것 같다
설 설 하나 둘 눈송이가 보이더니
이윽고 소록소록 내려오다가
사락사락 내려앉더니
소복소복 쌓이고
사북사북 밟는 소리가 나고
사랑 사랑 녹아내릴 것도 같다

설설설
눈이 오시는 것은
오랫동안 기다려 온 그리움이
밤새 기척도 없이
어느새 내 옆에 와 있는 소리다

긴 겨울 밤이 지나고

와서 이미 하얗게 쌓여 있는 소리다
설렘이 눈물로 녹아 가는 소리다

나무와 바람

5월의 이파리 사이로
바람이 말을 걸면
나무는 가볍게 몸을 떨고
이파리들은 바람에 맞춰
경쾌한 왈츠를 춘다

사그락 스그라락
나뭇가지 사이로
바람이 몸을 흔들면
어느새 온 숲은
노랫소리 물결친다

숲에서 나는 소리는
바람이 내는 소리일까
이파리들이 내는 소리일까
아니면

긴 겨울 밤이 지나고

정령들의 메아리 소리일까

아무렴 어때
나무는 이미 바람의 색깔로
물들고 있는걸
바람은 이미 이파리처럼
푸르게 웃고 있는 걸

봄날의 약속

일 년에 한번 쪽동백을 만나러 간다
오월 초순 이맘 때

손가락 건 언약도 없이
기다림은 종소리처럼 간절한데
저버리지 않고 꽃 피어나는 마음
고맙고도 견결하다

그리움의 깊이만큼
층층이 쌓인 이파리 사이로
햇살이 너울거리고
둥근 이파리 하얗게 달로 뜨면
그 꽃향기 그대에게 전해지리라

아 봄날의 약속
그대를 보내기 전에는

긴 겨울 밤이 지나고

제2장 세상에 첫발을 내딛다 _ 청년기

함백산

함백산에 가고 싶다
청령포 어라연 지나
정선과 태백 사이 그 어드메쯤
태백선 차창처럼 허한 마음 싣고
느리게 느리게 그 산에 가고 싶다

금대봉 은대봉 줄기 타고 넘어와
태백산 바라보며 눈꽃을 피우는
그 시리도록 하얀 산봉우리에
내 젊은 날의 추억 하나
찾으러 가고 싶다

치마폭에 얼굴 가리고
보랏빛 수줍게 나를 기다리는
얼레지 점점이 숨바꼭질하는
함백산 그 맑은 산에 천천히 들어가고 싶다

긴 겨울 밤이 지나고

가서 들꽃 가득한 그 산허리 어딘가에서

꽃들과 나비와 함께 노니는

너의 뒷모습을 만나고 싶다

내 삶이 어디쯤에 와 있는지

내 발걸음은 어디로 향해 있는지

물길 시작한다는

검룡소 황지못에서 너의 목소리로 듣고 싶다

밤길

별빛도 없는 찬 하늘에
둥근 달 하얗게 뜨더니
소리 없이 나를 따라온다
발 맞추듯 옆에서 걷는다
위로 하듯
달래듯

가을바람은 스산하고
세상사 잊고 싶은 마음에
안경을 손에 들고
바라본다
어둔 길에
색색으로 뜨는 등불들

하늘엔 염화미소
땅에는 오색 등불

긴 겨울 밤이 지나고

등불에 번지면

그리움도 저리 영롱해질까

등불에 물들면

내 마음도 저리 둥글어질까

걸음마다 아롱지는

점점이 따스한 연등들

과객

기꺼이 손님을 맞으리라
오늘 나에게
어떤 손님이 오건
나는 웃음으로 맞이할 것이고
거부하거나 피하지 않으리라

슬픈 손님이 오건
외로운 손님이 오건
두렵거나 고통스러운 손님이 오건
모두 잠시 머무르다 갈 과객
내일이 오면 새벽처럼 떠나가리니
삶이 나에게 보내는 손님을
감사하며 맞을 일이다
정성으로 환대할 일이다

어제를 보내고 아침이 오면

긴 겨울 밤이 지나고

또 다른 손님이 찾아올 테니

나는 오늘 그를 위해

등불을 걸고 음식을 준비하리라

잠시 머무는 그 순간이

진실의 시간이 될 수 있도록

아름다운 여로가 될 수 있도록

춘삼월

버드나무에 물 오르는 소리가 들리느냐
영춘화 노란 꽃잎도 세어 보아라
봄은 기울여보는 것이지

버들개지 솜털에 강아지 꼬리도 찾아보고
따스한 언덕배기에 황금빛 햇살도 느껴 보아라
봄은 마음으로 보는 것이지

고즈넉한 산사에 매화 향기도 맡아 보자
진달래꽃 따먹으러 뒷산에도 가 보자
봄은 일부러라도 가 보는 것이지

겨울을 이겨낸 생명들에게
그리고 아직 가난한 이들에게도
오기도 전에 봄은 이미 한 가득

긴 겨울 밤이 지나고

만물일여

겨우내 내 안에 있던 봄이

흐드러지게 피어나는 춘삼월 봄날

겨울 목련

우리 집 앞 목련 나무
새들도 떠나간 자리에

말라붙은 시든 잎 몇 개
지나간 시간을 꼭꼭 붙들고 있다

잊지 못한 것에 대한 미련인가
잊지 말아야 할 것에 대한 그리움인가

찢겨진 깃발처럼 처량해도
내려오지 못하는 게 어디 너뿐이랴

떠나보내야 하는 것은 하나의 마음
떨어뜨려야 하는 것은 한 점의 눈물

그래야 새순이 돋는다

다시 하얀 꽃이 달처럼 솟아오른다

기다림의 자세는 그래야 한다
달 뜨는 봄날 목련 꽃 피기까지는

가을

고추잠자리 유홍초 위에
앉을락 말락
빠알간 고추잠자리

코스모스
하늘 향해 긴 목을
한들한들
하얀 코스모스 꽃

사마귀 한 마리
풀섶으로 난 길 위에서
흔들흔들
잎사귀 풀색 사마귀

저마다 가을을 닮아
이쁘게도 물이 든다

물들며 깊어 가는

가을 하루

제2장 세상에 첫발을 내딛다 _ 청년기

단풍

올봄에는 노오란 목련 이파리 위로
붉은 노을 온통 단풍 빛이더니

이 가을엔 비에 젖은 단풍잎 그림자
가지에 어리어 온통 검붉구나

낙엽은 내려놓아야 할 때 가장 붉게 타오른다는데
황금빛 석양에도
빛나지 않는 하루는
낙엽 아래 없는 비둘기처럼 무겁다

날아보자
아직은 오후 5시
조각으로 남은 마지막 햇발이
아이의 얼굴에 웃음을 드리울 때까지

혼적을 남기지 않게

삶은 멈추지 않는 강물
붙잡으려 하면 손가락 사이로 흘러가는 것

새벽의 첫 울음소리도
시간의 물줄기에 씻겨 나가고
붉게 타오르던 청춘의 땀방울도
바람이 지나간 자리에 남는 먼지일 뿐

기쁨은 모래알 같은 것
손아귀에 쥘 수록 빠져나가고
슬픔은 파도와도 같아
밀려왔다가 이내 물러가리

삶은 움켜쥐는 것이 아니라
그저 바라보는 일
푸른 하늘 아래

피고 지는 들꽃처럼

그 순간의 흔들림을 받아들이는 것

긴 겨울 밤이 지나고

서랍 정리

가을은 서랍을 정리하는 계절
서랍마다 칸칸이 크기를 간추리고
아픈 기억일랑 깊숙이
잊혀질 때까지 눈에 띄지 않게
좋은 추억일랑 손 닿는 곳에
언제라도 꺼내볼 수 있게

눈물을 흘리지 않는다고 해서
울지 않는 건 아니듯
사랑이 이뤄지지 않았다 해서
사랑 하지 않았다는 건 아니듯
서랍을 정리한다고 해서
가을이 사라지는 건 아닌 것

지난 여름의 폭풍우는 거칠었지만
이제 서랍 속에서 고요히 잠들 것이고

제2장 세상에 첫발을 내딛다 _ 청년기

새 봄 연둣빛 새싹을 위해

붉게 물든 내 그리움도 겨우내 쉬게 하리라

다만 여태 가을 달을 서랍에 넣지 못한 건

아직 재우지 못한 달빛이 너무 환해서

푸른 달밤이 너무 아름다워서

나무 밑에서

나무 밑에서
나무를 올려다 본다
하늘을 향해 가지를 세워 올리지만
몇몇은 옆으로 뻗기도 한다
새들이 앉아서 쉬어 가라고

나무 밑에서
나무 아래를 내려다 본다
햇볕이 줄어들수록
잎들을 떨어뜨린다
나무 아래 키 작은 초목들이
조금이라도 더 햇빛을 받으라고

나무 밑에서 겨울나무를 생각한다
한 해의 실수와 실패도
꾸미지 않고 정직하게 드러낸다

상처를 드러내며 배운다

겨울마다 스스로를 되돌아보며
백 년 천 년 말 없는
나무 밑에 서면
나도 언제 나무가 될 것인지
가만히 생각하여 본다

긴 겨울 밤이 지나고

아무렇지도 않은

때로는 가만히 놔두는 게 좋은 일도 있지

언덕을 넘어 강가로 달려가는 바람처럼

맑은 호수 위에서 시간을 낚는 백로처럼

그저 옆에서 조용히 지켜보는 것이 좋은 일도 있지

서쪽 하늘에 노을이 서서히 저며들 듯이

시간의 물결에 바위가 닳아가듯이

시나브로 흘러가는 대로 두어야 하지

때로 가슴이 슬픔으로 꽉 차오르거나

부르지 못한 이름이 아스라이 사라져 갈 때도

그저 가만히 지켜보는 것만으로도

마음은 물처럼 고요해지고

세상은 무엇을 해야 하는지 보다는

무엇을 하지 않아야 하는지가

훨씬 더 중요할 때가 있다는 걸 배우게 되지

저마다 풀지 못하는 매듭 하나씩을 쥐고

제2장 세상에 첫발을 내딛다 _ 청년기

흐르는 강물을 따라가다가

마침내 도착하는 곳은 낯선 길일지라도

혹은 이름 없는 낡은 간이역일지라도

슬퍼하거나 노하지 말고

침잠하거나 사라지지도 말고

애써 답을 구하기보다는

내가 묻지 않은 질문이 무엇인지를 먼저 생각하는

고요히 지켜보는 시간들로 채워야 하지

다시 아무렇지도 않은 시간들이 있어야 하지

긴 겨울 밤이 지나고

사람이 이 세상에 왔을 때는

사는 것이 힘들 땐
하늘을 올려다보자
낮달도 하얗게 웃어 주고
구름도 나를 태워
멀리 데려다 주지 않느냐
아름답지 않으냐

사는 것이 외로울 땐
강가를 걸어보자
물고기가 공중제비로 나를 놀라키고
뒤처진 철새도 동무들 따라
바삐 날갯짓하지 않느냐
함께 가지 않느냐

사는 것이 쓸쓸해지면
실없이 친구에게 전화를 해서는

제2장 세상에 첫발을 내딛다 _ 청년기

별 것 아닌 이야기에도 귀 기울여 주고
행여 힘들어 보이면
굳이 찾아가 말동무도 되어 주자
쓸쓸함도 함께 나누어 보자

사람이 이 세상에 왔을 때에는
온 이유가 있는 게지
담장 위의 노란 꽃잎 개수도 세어 보고
빗소리 들으며 옛일도 되새겨보고
반딧불이 여름밤에 이야기 꽃도 피워보고
옆 사람에게 따스한 눈빛도 던져 보자

모두가 사소하나 소중한 일들
모두가 연약하나 귀중한 존재들
지금은 사라지지만
누군가에겐 영원히 남아 있을 순간 순간들

사람이 이 세상에 왔을 때는
아름답게 살라는 뜻이 있는 게지
샘물에 목을 축인 쑥새가 즐거이 지저귀듯

긴 겨울 밤이 지나고

깊은 산속 얼레지가 하늘 향해 꽃을 피우듯

욕심 내지 말고 나쁜 일 하지 말고

사랑하는 사람들과 함께 걸으며

한 세상 후회 없이 살다 가라는

삶이라는 선물을 감사히 누리라는

바람의 선물

녹음이 무성할 때
나무는 가장 많이 흔들리고
가장 많이 흔들리는 그때가
가장 찬란한 순간이다

바람에 흔들린다고 무서워 하지 말아라
흔들리는 것이 인생이다
흔들리는 것도 행복이다

나목 위의 백설이
그토록 반짝이는 이유는
비바람 치는 한여름의 폭풍에
흔들려 본 적이 있기 때문이다

바람을 피하지 마라
바람 속으로 들어가서

긴 겨울 밤이 지나고

함께 흔들려라

그것은 선물

받아 안을 줄 아는 이에겐

삶은 고통조차 찬란한 축복이다

영춘화

긴 겨울 밤이 지나고

돌담길 등불인가
노란 꽃 피었네

한 가지 꺾어다가
그대에게 바치나니

이른 봄날 봄볕인 양
이 꽃을 받아 주오

가지마다 노란 별꽃
줄줄이 내 맘 엮어

겨우내 찬바람 쓸고 간
그대 얼굴 밝히리라

꽃

꽃은 별이다
지상에서 반짝이는 별
작은 꽃 한 송이가
길섶에서 반짝이면
어느새 꽃씨 하나 별똥별 되어
내 가슴에 박힌다

항구를 밝히는 등대처럼
내 마음속을 밝히며
조용히 깜박거리는 꽃
지상에 꽃 하나 없다면
이 깊고 어두운 밤을
무슨 수로 넘길 수 있을까

이 길고 외로운 은하수를
무슨 수로 건너갈 수 있을까

길을 찾고 싶다면
꽃에게 물어보라
틈 사이에 숨어 있는
작은 꽃을 찾아보라
꽃이 알려주는 대로 가면 된다
꽃이 일러주는 대로 하면 된다

찾아보면 온 세상이 꽃밭이다
별 천지다
그 꽃밭에 길이 있다
꽃이 희망이다

긴 겨울 밤이 지나고

눈

눈이 내립니다
온다던 그 사람은 오지 않고
대신 눈이 오십니다

반가운 마음에 손을 대면
사르르 눈은 녹아 버리고
눈 앞에서 사라집니다

내 단심도 눈처럼 차가워야 하는데
그렇지 못한 탓입니다

철 없는 열기에
오신 눈 다 없어질까 두려워
내밀던 손 다시 집어넣습니다

하늘에서 땅으로

아직 가닿지 못한 것들만
허공으로 다시 솟구칩니다

다행히 세상은 아직 하얗습니다
새벽 찬물에 마음을 씻고
뿌리를 튼튼히 땅에 내리자면

소복소복 흰 눈으로
사북사북 반가운 발걸음으로
모두 다 제자리를 찾아
고요히 안착할 것입니다

긴 겨울 밤이 지나고

노랑어리연꽃

호수는 이미 구월인데
회갈색 새끼 오리 두 마리가
밀림 속 수초를 헤쳐나가듯
연꽃밭 사이로 고랑길을 낸다

물결은 비로드처럼 잔잔하고
연잎들은 녹색 좌대를 펼치는데
사바세계에 법등을 밝힌 듯
노란 연꽃은 점점이 연등이다

어제까지도 없던 꽃이
이리 활짝 꽃을 피워낸 것은
부처님의 자비인가
보살들의 비원인가
아니면 오리들의 자맥질 덕인가

제2장 세상에 첫발을 내딛다 _ 청년기

날이 저물어가는 호수 위
오리들도 날갯짓을 가다듬는데
연등이 아직도 불을 밝히는 것은
오리들의 귀갓길을 배웅하기 위함이고
수고한 하루를 대신해
깨달음의 선물을 주려는 까닭이다

긴 겨울 밤이 지나고

북극성을 찾아서

세상은 종잇장처럼 얇아져 가고

큰 별들은 하나둘 스러지네

보통 사람들의 시대라고 하지만

뭇별들 사이에서

반짝이는 큰 별 있지

당대에는 스승을 찾기 힘들다지만

나는 오늘도 밤 하늘을 바라보네

큰 별이 지면 나타난다는

더 큰 별을 찾고 있지

빛나는 새 별을 찾고 있지

아직 찾지 못한 별

미처 알아보지 못한 별이 있을 거라고

아니 어쩌면 이미 우리 곁에서

반짝이고 있는지도 모른다고

제2장 세상에 첫발을 내딛다 _ 청년기

개펄에 영롱한 진주 조개를 만나고 싶어
다시 어린 시절로 돌아가
묵중한 위인전을 읽고 싶어
밤새 맑은 눈 초롱이며
북극성 가는 길을 묻고 싶어

긴 겨울 밤이 지나고

쪽동백

연이틀 봄비에 쪽동백꽃 후드득 떨어지면

산길엔 붉은 천이 깔리고
노란 조종 소리 서럽게 울린다

꽃을 피우고서
비는 어이 내리는가

동박새 닮은 새가
꽃 진 산에 길게 운다

둥근 이파리 그리운 얼굴 같아
온 산 하늘이 섧게도 푸르다

이 비 그치면
언제나 다시 피려나

제2장 세상에 첫발을 내딛다 _ 청년기

그대를 만나려면
다시 또 일 년을 기다려야 한다

긴 겨울 밤이 지나고

고요한 숲

때로는 고요한 숲을 걷고 싶을 때가 있습니다

하늘이 맑은 날이나
마음까지 지쳐버린 날

이를테면 오늘처럼
많은 이들이 스쳐 가는 날에도

숲으로 이어진 길을 따라
한없이 걷고만 싶습니다

그리운 얼굴들은 숲에 있기 때문입니다

아니 숲에 들어서야 비로소 보이기 때문입니다

숲으로 난 발자국마다

가없이 아롱지는 얼굴 얼굴들

긴 겨울 밤이 지나고

그대를 향한 마음

누군가에게 사랑하는 마음으로
누군가에게 그리워하는 마음으로
가끔은 조심스레
톡 하나 보내는 마음으로
나는 오늘도 그대를 생각합니다

그 마음은 봄날 가지 끝에서
조용히 움트는 새순처럼
조용히 피어나는 기다림입니다
바람이 불고 시간이 흘러도
그 마음은 자리를 뜨지 않고
그대로 그 자리에 남아
오직 그대를 향하고 있습니다

누군가 내 곁에 있다는 건
그저 곁에 머문다는 사실만으로

제2장 세상에 첫발을 내딛다 _ 청년기

거창한 말이 없어도
눈부신 장면이 없어도
내 마음 속엔 늘 그대가 있습니다
이 조용한 기다림이
그대를 향한 보이지 않는 사랑입니다

긴 겨울 밤이 지나고

괜찮아

괜찮아
구절초와 쑥부쟁이와 벌개미취를
구별 못 해도
흘러간 영화의 옛 주인공을
기억 못 해도

가을은 서랍을 정리하는 계절
떠나간 그대가 못내 보고 싶어도
지나간 추억을 조용히 넣고 닫으면
가을 하늘이 시리도록 맑아서
괜찮아

떨어지는 것들
내려놓아야 하는 것들
가을은 가만히 품 안에
아픔을 갈무리하는 계절

제2장 세상에 첫발을 내딛다 _ 청년기

괜찮아
난 정말 괜찮아
가을이잖아

그리운 사람은 늘 비를 타고 온다

그리움은 언제나 빗소리와 함께 온다

후두둑 빗소리가

가슴을 두드리면

폭우 속에 우산도 없이

서성거리는 한 사내를 만난다

빗물은 방울이 되어

영롱하게 반짝이고

눈망울 속에는

여름날의 청춘이

파노라마처럼 펼쳐진다

밤새 비가 내리고

떠나지 않는 그리움과

지키지 못한 약속이

제2장 세상에 첫발을 내딛다 _ 청년기

비처럼 그치지 않는다

그리운 사람은 늘
비를 타고 온다

혼적

바람은 잔을 비우고 떠났다

거품 끝에 스며든 시간

기억은 사라지며 더 선명해진다

한 모금의 유언비어처럼

초원의 숨결 속에서

해 질 녘의 황금빛 무늬

어디엔가 남겨진 따뜻한 흔적

세상의 맥박처럼 말똥말똥 뛰고 있다

노래는 흐르고

빛과 그림자가 엇갈리는 길 위

음율은 비틀리고 아리송한

마음은 미끄러지다 멈춘다

모든 것은 흔적을 남긴다

허공 속 귓가에 스치는 속삭임처럼

잊힌 듯 남겨진 흔적이

그제야 언어의 유희가 완성된다

긴 겨울 밤이 지나고

나는 타오르리라

춘색이 물든 들판에서
튤립이 속삭이네
나는 봄과 여름의 문턱에 선
사색의 꽃이요

명일을 품은 아침 햇살이
살며시 손짓하자
붉은 꽃잎이 유려하게 펼쳐지네
내 온몸에 스며든 빛이여
나를 타오르게 하라

불꽃처럼 타는 내 속은
정열의 노래를 부르고
바람은 나를 향해
뜨거운 응원을 보내네
나는 주저하지 않으리

제2장 세상에 첫발을 내딛다 _ 청년기

지금 이 순간을 태우리라

사랑과 그리움이 얽힌 꽃잎 사이로
여름의 숨결이 스며드네
나는 봄의 여운이요
여름을 맞이할 준비된 자이니

춘몽이 사라질 무렵
나는 다시 빛을 쏟아내며
마지막 인사를 건네네
사라짐은 끝이 아니니
내 색채는 그대 마음에 남으리라

긴 겨울 밤이 지나고

지금도 나는 중이다

그럼에도
부서지는 파도 위에서
갈매기는 여전히 날개를 펴네
흔들려도 꺾이지 않고
지쳐도 침묵하지 않네

그래도
하루 끝 지평선 너머
심연을 딛고 솟아오른 바람마다
노후도 열정도
다시 한번 날개를 펼치게 하네

먼 바다는
때로 인생의 말 줄임표 같아도
섬들은 속삭이더군
아직도 할 수 있다

지금도 살아가는 중이다

비바람 몰아쳐도
흔들릴 뿐 지워지진 않지
우리도 그래
마지막을 향한 걸음이라 해도
가장 선명한 나를 남겨야 하네

그럼에도
그래도
갈매기도 사랑도
삶의 끝자락까지
파도와 춤추는 마음 하나로
가장 뜨겁게
존재해야 하지 않겠는가

긴 겨울 밤이 지나고

낙화의 약속

꽃잎은 침묵 위를 미끄러지며
한 점 빛도 남기지 않고
깊은 물속으로 스며들었네
그 순간
땅은 숨을 죽였고
하늘은 그 이별을 새겼네

백마강의 물결은 묻지 않았네
허공을 껴안은 채 흐를 뿐
아무 말 없이 고통을 안고
달빛 아래 빛을 더듬었네
그 어둠 속에서
첫 새벽의 숨결이 일었고
강은 조용히 밀어 올렸네

낙화암

그 위에 남은 발자국은
바람결 따라 흐르며
기억의 잎을 흔들었네
쓰러졌던 땅은 마침내
푸른 생명을 품고
부흥의 나무를 뿌리 내렸네

그리하여 꽃은 다시 피었고
나는 이 땅에서 지지 않으리
조용한 강물은 맹세를 품고
바람과 물결의 입술로
영광과 슬픔을 함께 노래했네

바람의 숨결

믿음은 바람의 숨결
보이지 않지만 가슴을 지나
잔잔히 흔적을 남긴다

그대는 별빛 없는 바다를 건너
낯선 항구를 향하던 배처럼
내 고요를 찾아 왔다

증거도 이유도 필요없는 순간에
우리는 서로를 비추는 등불이 되어
어둠 속에 서있었다

그 믿음은 다리를 놓았다
깊이를 묻지 않는 강물 위에
둘을 하나로 잇는 투명한 연결

믿음이란 이유를 묻지 않는 바람

그저 존재로 모든 것을 말하는

고요한 기적이다

긴 겨울 밤이 지나고

각기 다른 인생

하얀 찻잔에 담긴
붉은 홍차 두 잔
쓰디쓴 에스프레소 한 모금
그리고 유리컵 속 노란 오렌지 빛

서로 닮지 않았으되
각자의 향으로
자신을 증명하듯
그 안에 담긴 시간도 다르더라

나도 그렇게
내 맛으로 산다
많지도 적지도 않게
쓸쓸하지도 넘치지도 않게

남의 잣대는 설탕처럼 녹이고

제2장 세상에 첫발을 내딛다 _ 청년기

오직 나만의 온도로
적당한 온기로
세상을 마주한다

그리하여 나는
나로 살아
충분한 괜찮은
한 잔의 삶이 된다

제3장

인생이 무르익다
중년기

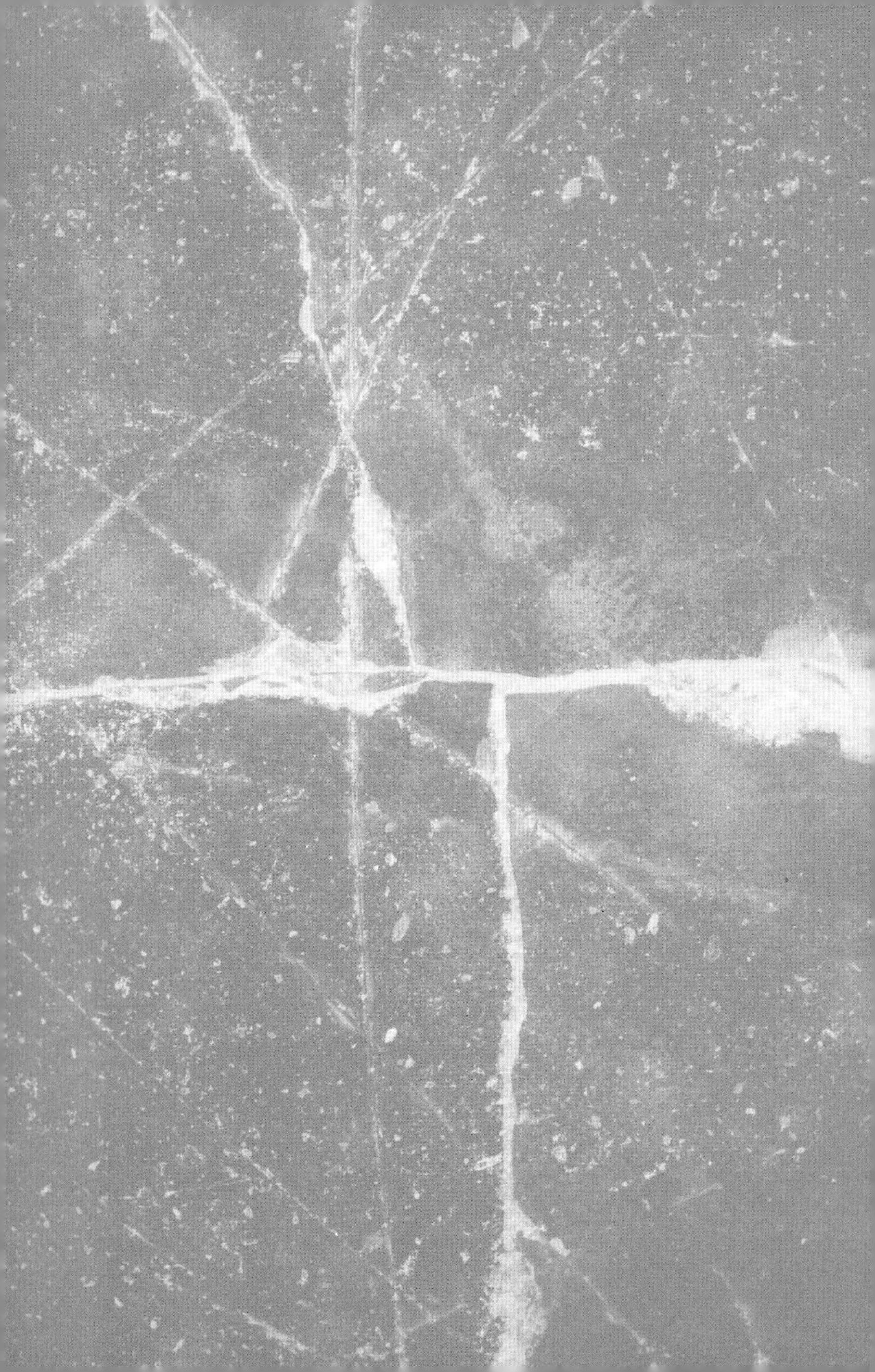

인생의 뜰에서

바람이 속삭이는 들녘

그곳에 한 알의 꿈을 심었네

강한 손길로 흙을 어루만지며

햇살과 비는 사랑의 조율이 되었지

땅속 깊이 생명의 뿌리가 내리고

새벽 이슬은 고운 자장가처럼

씨앗의 작은 속삭임을 깨우네

그 모든 순간이 귀중한 첫 걸음이었지

그러나 고요한 날만 있진 않았네

거친 폭풍은 대지를 흔들고

삶의 가뭄이 희망을 시험했으며

초록 잎은 시들어 눈물로 물들었지

하지만 멈추지 않았네

땀의 물결로 대지를 적시고
노력의 손 끝은 끊임없이 꿈을 다듬었지
시간은 열정의 무한한 인내를 알아주었네

황금빛으로 물든 가을 들판
열매들은 흙 속 이야기를 들려주네
그것은 단순한 결실이 아닌
모든 노력의 송가였지

이제는 노년의 정원에 섰네
바람은 부드럽게 흐르고
긴 시간의 흔적은 평온 속에 깃들어
추억의 강물은 나의 마음을 춤추게 하네

열정을 담은 씨앗으로 시작한 여정
결실은 한 사람의 인생의 노래가 되었지
이제는 감사의 선율을 부르며
내일의 태양을 평온히 맞이하리라

긴 겨울 밤이 지나고

할 수 있다

할 수 있다
나는 믿는다
비록 흔들릴지언정 무너지지 않으리
절망과 포기는 내 사전에 없는 단어
좌절 대신 도전을 새기며
내일을 향해 다시 걸어간다

넘어진 자리에서 피어나는 꽃
실패조차 나를 단련시키네
비바람 속에서도 꺼지지 않는
내 안의 불씨 꺾이지 않는 의지
나는 나를 이끄는 길잡이가 된다

포기란 없다 멈춤도 없다
그동안 흘린 피와 땀방울이 나를 증명하리라
작은 성취가 쌓여 만든 길 위에

더 높은 곳을 향한 내 그림자
나는 오늘도 한 걸음 더 나아간다

할 수 있다 그 한마디가 만든 기적
내 삶의 무게를 가볍게 만든 주문
의심을 걷어내고 믿음을 심으며
스스로를 넘어서는 날까지
나는 끊임없이 내 길을 개척한다

긴 겨울 밤이 지나고

꽃은 지고 바람은 불고

꽃은 피어나도 지켜줄 그늘이 없고
지는 꽃 앞에 슬퍼할 마음도 없네

묻노니 정의를 노래하던 그대여
묻노니 시대를 염려하던 그대여
어느 골목에서 시선을 돌리며
어느 길목에서 진실을 외면하는가

꽃잎은 바람에 흩어지며
광장의 메아리도 거리의 눈물도
어둠 속에 녹아 사라지는데
진실은 어느 하늘 아래 숨었는가

봄 새는 밝은 날을 노래하지만
기다림은 벽이 되고 문이 닫히며
만남의 길은 아득히 멀어지네

제3장 인생이 무르익다 _ 중년기

거울은 두 줄기 눈물을 담고
시대의 상흔을 속삭이나니
춘풍은 갈라진 마음의 거리를
알고도 모른 척 지나가는가

그러나 봄은 다시 오리라
꽃은 더 붉고 향기롭게 피어나
슬픔과 희망의 사이
우리의 길을 이을 것이다

긴 겨울 밤이 지나고

살아지더라

살아보니
겨울의 고요함 속에서도
새싹이 움트듯
희망은 저절로 생겨나더라
삶의 이치가 그러하더라

살다 보니
마치 봄날의 첫 꽃처럼
수많은 시련속에서도
희망은 피어나듯
내 의지대로 살아지더라

지내보니
한여름의 폭우 뒤 무지개처럼
비록 고통이 있더라도
그 뒤엔 아름다움이 찾아오듯

제3장 인생이 무르익다 _ 중년기

이 또한 순리이더라

이제 보니
가을의 낙엽처럼
떠나가는 것들도 있지만
새로운 만남도 오듯
그렇게 그렇게 삶은 이어지더라

긴 겨울 밤이 지나고

나와 너의 길

시간을 조각내어 보석처럼 빚는 이가 있고

바람에 몸을 맡겨 자유롭게 흐르는 이도 있네

한 치의 오차 없는 발걸음도

구름 따라 춤추는 걸음도

각자의 빛으로 반짝이는 길이지

해는 같은 속도로 하늘을 돌고

강물은 멈추지 않고 흘러가지만

모두가 같은 방향일 필요는 없지

질서 속에서도 자유가 피어나고

자유 속에서도 질서는 숨쉬네

비교할 수 없는 서로의 빛깔

누구의 삶도 더 높거나 낮지 않으니

나의 길을 걸으며 너의 길을 응원하리

오늘도 나답게 너답게 살아가길

그 자체로 충분한 하루 아닌가

긴 겨울 밤이 지나고

어제는 바람 오늘은 햇살

어제는 혹독한 바람
마음도 흔들리고
오늘은 따뜻한 햇살
얼어붙은 꿈도 녹아드네

어제는 메마른 가지
바람에 떨고
오늘은 꽃눈이 내려
희망이 움트네

어제는 회색 빗줄기
눈물처럼 흐르고
오늘은 부드러운 봄비
미소를 틔우네

어제는 무거운 발걸음
끝없는 길목

오늘은 가벼운 걸음
꽃길을 거니네

어제는 깊은 겨울의 그림자
오늘은 눈부신 빛의 속삭임

긴 겨울 밤이 지나고

한 알의 씨앗

새벽이슬 머금은 씨앗 하나
어둠 속에서 조용히 눈을 뜨네
햇살을 마시고 바람을 타며
희망의 뿌리를 땅속 깊이 내리네

바람에 실려 피어나는 꽃잎처럼
젊음은 한 때 춤추는 물결이네
기쁨과 슬픈 사랑과 열망이
눈부신 순간들 속에 부서지네

시간은 흐르고 강물은 돌아
고운 손길로 땅을 다시 일구네
한 알의 씨앗을 심어 기다리는
긴 인내 끝에 황금빛 들녘이 펼쳐지네

씨앗에서 꽃으로 꽃에서 열매로

제3장 인생이 무르익다 _ 중년기

삶은 그렇게 이어지고 또 이어지네
우리의 땀과 기다림 속에서
미래는 다시 한 알의 씨앗이 되어 피어나네

긴 겨울 밤이 지나고

방황

기계에서 쏟아지는 국수 가락처럼

끊임없이 비가 쏟아지고 있다

기상청 예보가 거센 비바람이

동쪽에서 강하게 분다고 예보를 했다

그래서 동쪽에서 바람이 불 줄만 알고

동쪽으로 우산을 펼쳤더니

서쪽에서 부는 바람이 우산을 뒤집어 버린다

예보를 내가 너무 신뢰해서인가?

아니면

융통성 없는 내 머리가 잘못된 건가?

예측할 수 없는 혼돈 속에서

또 하나의 우산을 펼친다

이번에는 동쪽, 서쪽으로

왔다 갔다 요령을 펼치니

빗방울이 내 온몸을 농락하고 있다

제3장 인생이 무르익다 _ 중년기

쏟아지는 빗줄기는 하늘 가득 차고
눈물인지 빗물인지 모를 물줄기
흠뻑 젖은 몸과 마음이
이제는 더 편하고 자유롭다
더 이상 존재감 없는 우산이 거추장스러워
쓰레기통에 힘껏 던져버렸다

그리고 나서 뒤돌아보니
비에 흠뻑 젖은 방황은
아무 일 없다는 듯이
던져진 우산처럼 바람에 날아가고 있었다

긴 겨울 밤이 지나고

봄을 반기는 겨울비

겨울비 속에서 봄의 첫 속삭임을 듣네
차가운 물방울 속에도
따스한 약속이 담겨 있음을

얼어붙은 대지 위로
부드러운 손길이 스며들고
풀과 꽃들 잠든 춘화가
살며시 눈을 뜨려 하네

바람은 속삭이고 비는 노래하네
잠시 움츠린 마음에도
봄은 다가옴을

한적한 거리에 비 내리는 소리
그 안에 숨겨진 희망과 소망

제3장 인생이 무르익다 _ 중년기

겨울의 끝자락에서
봄을 맞이하는 마음으로
따스한 손길로
새로운 시작을 꿈꾸네

긴 겨울 밤이 지나고

소소한 행복

세상을 향한 위대한 포부 속에
웅장한 성취의 갈망보다
작고 깨알 같은 행복의 목걸이를
나만의 보석으로 만들어 가네

매일 아침 찬란한 태양이
살짝 미소를 비추어 속삭이는 행복
커피 한 모금 속에 담긴
작은 기쁨의 여운 그것을 사랑해

바람결에 스쳐 가는 꽃잎이
나의 마음을 간지럽힐 때
나는 새롭게 도전하고 변해가는
삶의 가치를 느껴

비록 늘 행복하지는 않지만

제3장 인생이 무르익다 _ 중년기

매 순간의 작은 행복이
내 삶을 빛내주는 보석처럼
반짝이는 이유를 알게 해주지

무모한 큰 꿈보다는
내 마음을 따뜻하게 감싸주는
소소한 행복의 목걸이로
오늘도 나는 도전과 변화를
가장 소중히 여기며 살아가네

긴 겨울 밤이 지나고

눈 속의 빛

눈이 덮인 나무들 사이로
붉은 불빛 하나가 서 있다
고요한 겨울의 숨결 속에서
차가운 공기는 따뜻한 입김을 품네

눈 덮인 가지들 위로
은색 선율이 흘러내리고
자연과 인간의 교감 속에서
우리는 하나가 되어 가네

고요한 겨울의 품 안에서
작은 행복을 느끼며
온 세상이 잠든 듯한 이 순간
그저 여기 서있음이 행복하네

붉은 불빛처럼 겨울도

제3장 인생이 무르익다 _ 중년기

그를 따뜻하게 안아주고
눈송이는 나무 위에 내려앉아
고단한 가지를 포근히 덮네

삶도 때론 눈 속에 갇혀 얼어붙지만
작은 불빛 하나로 다시 녹아내리네
겨울 숲에서 찾은 평온
붉은 빛과 눈 덮인 세상이 하나가 되어
우리는 고요한 겨울의 품에서
따뜻한 온기를 찾네

긴 겨울 밤이 지나고

겨울은 겨울답게

찬 바람이 빚어낸 한파의 곡선
체감 온도는 얼음처럼 예리하여
한강마저 꽁꽁 묶여버린다
강한 바람 속에 함박눈은 천사의 날개처럼 내려와
폭설 속에 세상은 포근한 흰 이불을 덮는다

겨울 그 자체로 위엄과 경이로움의 시간
스키를 타며 느끼는 스릴의 만끽
그 스릴 속에 낙상의 위험이 도사린다
결항된 비행기와 버스 운행 중단
병원도 못 가는 이 강추위에
교통은 통제되고 발길은 묶인다

그럼에도 겨울은 겨울다워야 제격
오뎅 국물 한 모금에 허가와 추위를 달래며
잠시나마 따스함을 느낀다

겨울 그 자체로 완전한 계절이 되었다

긴 겨울 밤이 지나고

겨울의 숨결

희미한 새벽빛
하얀 겨울의 숨결이
창문 틈새로 스며든다
고요한 대지 위에
하얗게 물든 이야기들이
어느새 소복이 쌓이고

바람의 노래는
나뭇가지 끝에서
찬란한 결빙의 춤을 추며
고독마저도 아름답게 한다

발자국 소리마저 삼키는
눈길 위로
그리움은 얇게 얼어붙고
지난 날의 온기들이

제3장 인생이 무르익다 _ 중년기

살며시 피어오른다

겨울,
그 차가움 속에 품은 따스함은
가슴 깊은 곳을 적시며
새로운 시작을 속삭인다

우리도 언젠가 이 겨울처럼
고요한 빛을 머금은 채
따스한 마음으로
누군가의 길을 비출 수 있기를

긴 겨울 밤이 지나고

봄이 떠나가네

벚꽃 진 자리마다
바람이 한숨을 뿌린다
손끝에 닿을 듯 머물던 햇살도
이젠 슬쩍 고개를 돌린다

너를 향해 피워낸 꽃잎들은
말없이 흩어지고
눈부셨던 나날들이
아무렇지 않게 저물어간다

창가에 남은 향기조차
조용히 사라져 가는데
나는 아직도
남은 꽃잎 하나를 붙잡고 있네

피어나는 나날

작은 걸음이 길을 만든다네
개미의 발끝에 쌓인 인내처럼
해바라기는 태양을 향해 피어나고
나는 묵묵히 나아가는 법을 배웠네

물결 위로 속삭이는 돌고래처럼
양귀비 한 송이 붉게 타오를 때
내 마음은 따스함을 나누며
서로의 길을 비추려 하네

지저귀는 앵무새의 노랫소리
벚꽃잎 흩날리는 봄날의 환희
내 안의 빛이 퍼져 나가
세상을 향한 다리가 된다네

부지런한 벌이 꿀을 모으듯

긴 겨울 밤이 지나고

민들레 홀씨는 바람에 몸을 맡기고
나는 흔들려도 다시 일어서며
끈기의 씨앗을 틔운다네

호랑이의 눈빛에 깃든 불꽃
장미의 향기에 스며든 열정처럼
내 걸음마다 생명이 깃들어
뜨겁게 그리고 단단하게 살아가네

길 위에 남겨질 나의 발자국들
그 하나 하나가 이야기가 되어
내일을 향한 다짐이 되고
빛나는 순간으로 피어나리

커피 한 잔의 온기

긴 겨울의 골목 끝
바람을 가르는 종이컵 하나
손끝을 감싸는 온기가
가슴 속 허기까지 덥히네

한 모금 머금으면
지난 날의 기억이 퍼지고
지금 곁에 있는
그대의 미소가
잔잔한 물결처럼 번지네

차오르는 김 사이로
말없이 스치는 눈빛
묵묵히 곁에 있어 주는 것만으로
서로의 체온을 나누는 우리

긴 겨울 밤이 지나고

사랑은 때론

한 모금의 커피

뜨겁지도 차갑지도 않은

그저 따뜻한 온도로

마음을 감싸안는 일

헤어짐이 스며든 날에도

마지막 한 모금의 잔향 속에서

추억은 스미고 희망은 남아

다시 길 위에서

마주할 그 날을 기다리네

별빛을 품은 밤

당신의 코 고는 소리
저 먼 밤하늘의 별들이 속삭이는
은밀한 이야기가 됩니다
균일한 그 리듬 속에 숨어있는
당신의 숨결
나는 그 선율을 따라
꿈의 바다로 떠나죠

소파 위에 던져진 내 하루는
구겨진 담요 같았지만
당신의 웃음으로 반듯이 펼쳐지고
그 따뜻한 소리에
내 마음은 한 송이 꽃처럼 피어납니다

코 고는 소리는 바람의 노래
숲을 스치는 바람결에

긴 겨울 밤이 지나고

가볍게 흔들리는 나뭇잎 같아요

때로는 파도처럼 몰아치지만

그조차도 나를 품는 안식처가 되죠

당신과 함께라면

작은 소음조차 삶의 음표가 되고

모든 순간이 빛나게 아름다운

그런 날들이 이어집니다

당신은 내 우주의 별빛

작은 숨결조차 나의 밤 하늘을 채웁니다

별을 좇는 걸음

저마다의 길이 있어도
가는 길은 쉽지 않더라

높은 하늘에 별이 반짝이면
손을 뻗어 닿을 줄 알았건만
가까워 보이던 그 빛은
더 멀리서 웃고 있더라

한 걸음 또 한 걸음
조심스레 내디딘 길 위에서
희망은 손짓하고
현실은 벽을 세우더라

몇 번을 돌아보고
몇 번을 되새겨도
바람은 그저 지나가며

긴 겨울 밤이 지나고

나에게 묻지 않더라

그러나 밤이 깊어도
별은 사라지지 않으니
언젠가는 닿으리라
나는 다시 길을 떠나리라

끝이 아닌 시작으로
또 다른 날을 맞으리라

높은 감나무 아래

높은 감나무에 올라
햇살 속에서 반짝이는 붉은 감을 바라보며
기대감에 손을 뻗었건만

뒤돌아보니 사다리는 사라지고
발아래엔 공허한 바람만 춤을 춘다

놀부의 심보는 세상을 속이고
웃으며 던진 약속은 덫이 되어
사람들의 꿈을 옭아맨다

그러나 우리는 기억해야 한다
희망은 사다리 없는 곳에서도 자라고
정의는 손을 내밀어 함께 오르자 한다

부러진 계단 위에서도 우리는 걷고

긴 겨울 밤이 지나고

막힌 길 위에서도 새로운 길을 낸다

함께 잡은 손이야말로

세상에서 가장 튼튼한 사다리

높은 감나무 아래에서

놀부의 심보를 추방하고

모두가 함께 감을 따는

그날을 우리는 그린다

사랑 사랑 내 사랑

번개처럼 선명한 기억
천둥처럼 울리던 설렘
내 마음 깊은 곳을 적시는 봄비여
그대는 어느 순간 다가와
촉촉한 운명을 속삭였다

흐릿한 거리 너머
비에 젖은 그대의 웃음은
꽃잎처럼 가늘게 떨리며
내 귓가를 적신다

떨리는 손끝 멈칫하는 발걸음
사랑은 언제나 첫걸음마처럼 서툴고 아련하지만

망설임 한 방울 그리움 한 방울
설렘 한 방울 더하여

긴 겨울 밤이 지나고

봄비는 속마음을 들킨 듯

조용히 스며들어 오늘도 나를 물들인다

그대와 나 빗속을 걷는다

젖은 마음속에 피어나는 연둣빛 설렘

시간이 지나도 계절이 흘러도

바람이 불어도 별이 져도

내 사랑은 여전히 그 자리에 머문다

사랑 사랑 내 사랑

그대로다

사과 대추

햇살 깊은 가을 끝자락
작은 손바닥 위
사과를 닮은 대추 하나 올려 본다

말갛게 익어가는 그 속엔
어머니의 웃음이 새콤하게 묻어있고
잠든 아버지의 땀방울이
달큼한 속살로 배어 있다

어릴 적
풍성하던 가을바람처럼
당도 높은 기억이 입안에 퍼지고
상큼한 식감이
말없이 견뎌낸
계절들이 스며든다

긴 겨울 밤이 지나고

나는 오늘도

그 작은 열매 하나에

한 해의 수고를 우려내며

천천히

아주 천천히

가을을 마신다

물분수

돌결을 타고 흐르는
조상의 숨결
땅속 깊은 맥을 적시며
물은 오늘도 조용히 깃든다

대대로 이어진 손 끝처럼
바위에 스며들고
대나무를 타고 노래하며
맑은 영혼을 씻어낸다

작은 물줄기 하나하나
굽이 돌고 모여들어
조화로이 하나가 되어
삶의 바다를 꿈꾼다

고요히 흐르되 꺾이지 않고

긴 겨울 밤이 지나고

맑게 흐르되 흐트러지지 않는

나는 오늘도

물처럼 살아간다

희망은 가볍게 잡아야 한다

희망은 가볍게 잡아야 한다

새처럼 날아가 버릴 줄 몰라 힘껏 움켜쥐면

손안에서 숨 막혀 죽는다

이제 막 날갯짓 배운 어린 새를 감싸듯이

손의 오목한 곳에 올려놓아야 한다

아니면 공중을 나는 깃털처럼

무게도 중력도 없이

머리 위에 내려앉게 해야 한다

다른 머리 위에도 날아갈 수 있도록

너무 세게 붙잡아 모서리가 부서지거나

매달리며 애원해선 안 된다

절박할수록 가만히 희망을 품는 법을 배워야 한다

희망은 숨을 쉬어야 하고

나무 위의 새처럼 스스로 노래해야 한다

바로 그렇기 때문에 희망은 가볍게 붙들어야 한다

부서지기 쉬운 껍질 안에 절망이 웅크리고 있으므로

긴 겨울 밤이 지나고

희망이 날아갔다가 언제든 다시 날아올 수 있도록

사방의 벽을 없애야 한다

그렇게 무한히 열려 있어야 한다

내가 희망을 잃어버리는 것이 아니라

희망이 나를 잃어버리지 않도록

존엄의 빛

세상 모든 일엔 저마다의 빛이 깃들어
누군가의 하루를 밝히는 조용한 등불이 되네

손끝에서 움트는 정성의 숨결 속에
기술은 예술로 노동은 찬란한 삶의 가치로 피어나네

높고 낮음이 아닌 다름의 이름으로
우리는 서로의 어둠을 비추며 걸어가네

스스로 선택한 길 묵묵히 걸어온 하루
그 모든 순간엔 나의 존엄이 머물고
작은 발자국마다 고유한 이야기가 흐르네

모두의 손이 어우러진 이 세상에서
누구도 낮추지 않고 누구도 높이지 않으며
오직 함께 하나의 빛으로 살아가네

긴 겨울 밤이 지나고

음율의 날개 위에

작사는 마음의 줄기
작곡은 선율의 잎사귀
가수는 바람을 타고 날아가네
그리운 이에게 닿고픈 음율의 날개로

시인은 바다의 파도
그리움의 맥박을 흩뿌리고
시 낭송가는 그 물결의 마침표
목소리로 그림을 그리는 손 끝의 떨림

노래는 시의 젊은 형제
시의 언어에 리듬을 심고
시는 노래의 깊은 뿌리
언어 속의 영혼을 품어내네

가사와 시는 속삭임

작곡과 낭송은 비상의 외침

둘은 같은 하늘을 나는 새

한쪽은 빛을 품고

다른 한쪽은 그림자를 품네

긴 겨울 밤이 지나고

고목의 속삭임

저 멀리 산등성이에 고목이 서 있네
매듭진 나이테마다 세월의 흔적이 새겨지고
잎새는 바람 속으로 사라졌으나
빈 가지는 하늘을 향해 떨고 있네

푸르렀던 날의 햇살을 움켜쥐던 손길
그 기억은 깊은 침묵 속에서 바스라지지만
흙마저 숨죽인 대지 아래에서
고목은 여전히 뿌리를 내리며 기다리네

거리에서 스친 낡은 외투의 자태
그 자존심은 침묵 속에 묻혀 있지만
누군가의 미소와 작은 동전 몇 닢이
잠시나마 어둠을 걷히게 하네

그러나 여전히 고목들은 서있네

제3장 인생이 무르익다 _ 중년기

아무도 들을 수 없는 속삭임을 품고
하늘로 뻗은 앙상한 가지 끝에서
다가올 따뜻한 비를 꿈꾸며

그날이 오면
메마른 땅에도 생명의 새싹이 돋고
고목의 가슴 속 깊은 곳에서도
푸른 노래가 다시 흐르리라

긴 겨울 밤이 지나고

속도의 차이

눈은 한순간에 삼키고
귀는 파동 속에 머문다
입은 머뭇거리며 뱉어내고
머리와 가슴은
밤을 지새우며 익어간다

같은 말이어도
같은 글이어도
속도는 다르다

눈으로 날아드는 빛
순간의 속삭임
단어를 꿰뚫으며 끝없는 길을 걷는다

귀로 흐르는 바람
음계처럼 흘러내리는 속도의 선율

제3장 인생이 무르익다 _ 중년기

소리를 쫓아 삶의 파동을 그린다

입으로 흩어지는 별
말의 흐름 속 숨쉬는 열정
하늘로 솟아오르는 언어의 춤

머리로 자라나는 숲
가슴으로 흐르는 강
느리게 그러나 깊게
마침내 새겨진 한 줄의 씨앗은
이해라는 꽃이 되어 피어난다

긴 겨울 밤이 지나고

봄날의 사랑 이야기

사랑은 장미처럼
활활 불타지 않아도 좋으리

사랑은 목련처럼
눈부시지 않아도 좋으리

우리의 사랑은 봄의 들판의 제비꽃처럼

사람들의 눈에 안 띄게
작고 예쁘기만 해도 좋으리

우리의 사랑은 그저
수줍은 새색시인 듯

산속 외딴곳에 있는
다소곳이 피어있는

제3장 인생이 무르익다 _ 중년기

연분홍 진달래꽃
같기만 해도 좋으리

이 세상 아무도 모르게
우리 둘만의 맘속에서만

살금살금 자라나는
사랑이면 좋으리

잿빛으로 젖어있던
야윈 나뭇가지 사이로
수줍게 피어나는
따순 햇살을 보아

봄은 우리들
마음 안에 있는 것
불러주지 않으면
오지 않는 것이야

사랑은 저절로

긴 겨울 밤이 지나고

자라지 않는 것
인내하여 가꾸어야
꽃이 되는 것이야

차디차게 얼어버린
가슴이라면
찾아보아 남몰래
움트며 설레는 봄을

키워보아
그 조그맣고 조그만 싹을

아름다운 저녁노을을 봐요

노년기

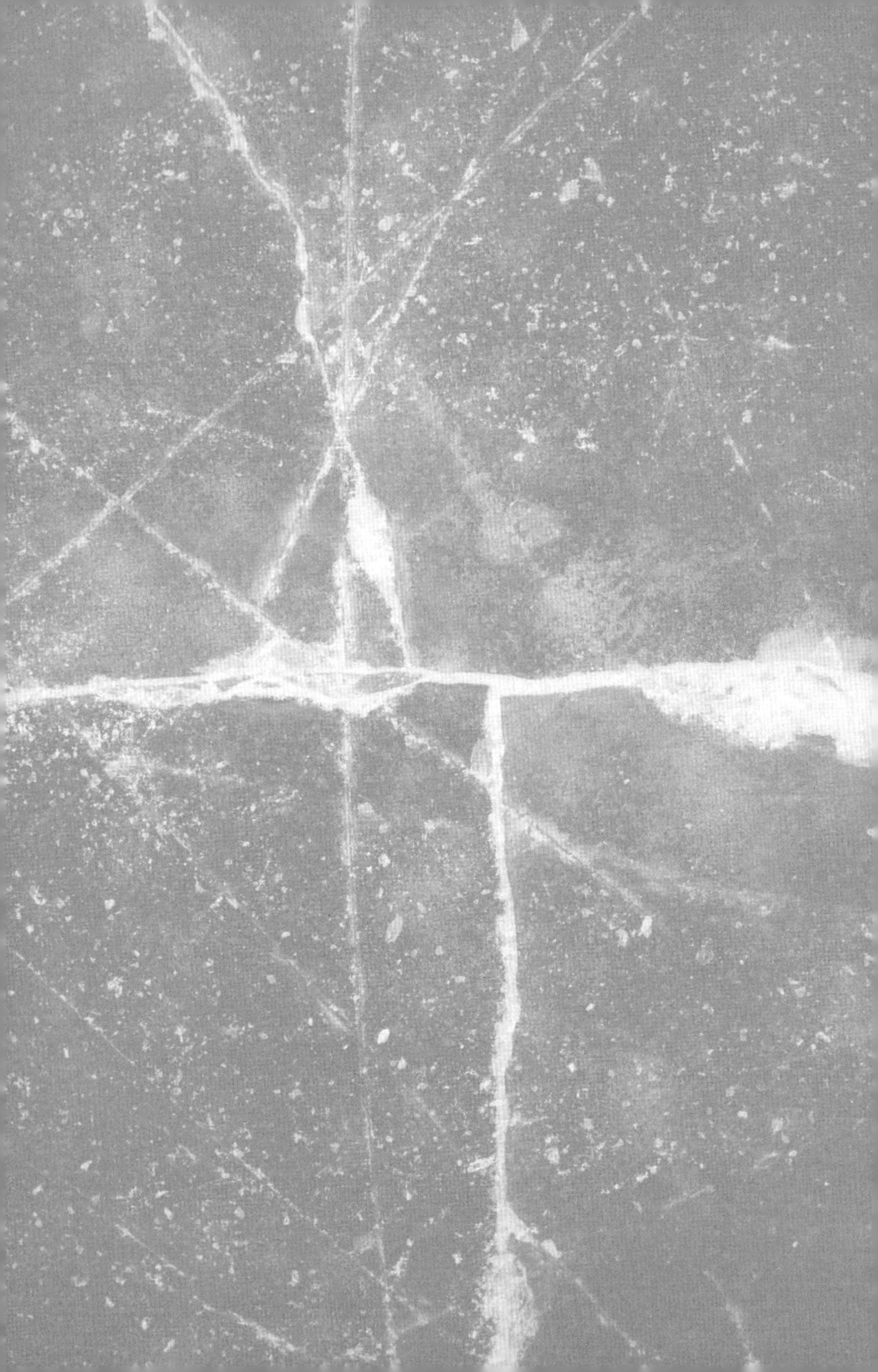

봄이 너라면

봄이 따뜻하게 다가선 봄이
너라면 좋겠다
환한 꽃을 피우듯
미소 짓는 너라면 좋겠다

봄이 꽃샘추위로 다가선다 해도
너라면 좋겠다
토라졌다 웃는 모습에
향기가 나는 너라면 좋겠다

봄이 꽃을 피워놓고
허무함을 느끼게 만들어도
너라면 좋겠다

그 허무로 네 존재가 입증되고
행복하다는 것을

아는 너라면 좋겠다

아니 봄이 나였으면 좋겠다
이미 봄인 너를 알아보는
봄이었으면 더 좋겠다

숨겨놓은 여름

청아한 푸르름과
싱그러움에 눈이 부시다

살랑이는 바다의 살결
속삭임의 소리가 정겹다

피어오르는 꽃대
저마다의 사연의 색
외치고 있는 봉우리들

철없는 풀들의 행진
갓 부화한 사마귀들
폴짝 뛰는 모습이 귀엽다

알알이 수놓은 사연
누가 와서 써 놓았을까

옹기종기 모여 속삭이는
채송화의 무리들 사이로

내 마음도 함께 심어져
숨겨 놓은 여름을 나누고 싶다

긴 겨울 밤이 지나고

6월의 시

어쩌면 미소 짓는 물여울처럼

부는 바람일까

보리가 익어가는 보리밭 언저리에

고마운 햇빛은 기름인 양하고

깊은 화평의 숨 쉬면서

저만치 트인 청정한 하늘이

싱그런 물줄기 되어

마음에 빗발쳐 온다

보리가 익어가는 보리밭 또 보리밭은

미움이 서로 없는 사랑의 고을이랴

바람도 미소하며 부는 것일까

잔 물결 큰 물결의

출렁이는 바다인가도 싶고

제4장 아름다운 저녁노을을 봐요 _ 노년기

은 물결 금 물결의
강물인가도 싶어

보리가 익어가는 푸른 밭 밭머리에서
유월과 바람과 풋보리의 시를 쓰자
맑고 푸르른 노래를 적자

긴 겨울 밤이 지나고

청춘의 바다

8월에는 청춘의 바다로 가야지
억만 년을 살고도 푸른
바다 같은 사랑에 퐁당 뛰어들어야지

여름 낭만이 파도치는 해변에서는
모래성처럼 허물어질 사랑도
모래알처럼 반짝이지

너와 나의 밀물과 썰물이 달라도
퇴적된 시간에 가슴이 해안선처럼 깎여져도
우리 사랑은 바다의 품을 떠나지 말자

철썩이고 치솟고 요동치며
우리만의 바닷길을 내자

제4장 아름다운 저녁노을을 봐요 _ 노년기

여름 문턱을 서성이며

때이른 볕의 심술이 열 화살을 날림에
정자나무 품속 파고들어 저민 다리 쉬어 갈 새

살며시 다가와 청아한 미소로 속삭이는
여름 앞자락의 하얀 찔레꽃 바람

그 바람의 향기 귓불에 스미어
달콤한 사랑 노래 흩날리고
푸르른 보릿대 치맛자락 살랑 리듬을 탄다

나뭇잎 사이 반짝 스며드는 은빛 하늘에
어느 해 설악 능선 외진 바위 끝
홀로 이 하늘거리던 쑥부쟁이가 떠오른다

수줍은 듯 소리 없이 구름의 쉼터에 홀로 핀 꽃
나의 아련한 기억 속에 순결한 미소로 다시 피어난다

긴 겨울 밤이 지나고

시간을 야금야금 갉어먹는 자벌레 같은
세월의 도둑 시곗바늘 그림자 끝에 매달려

그 잊힌 기억의 책갈피를 펼쳐보니
그윽한 미소 담아 내려다보는 나의 눈길에
콩닥이는 가슴 감아쥐며 수줍게 올려다보던
너의 눈동자

그 여린 눈망울 초록의 향기를 담아
감미로운 바람을 타고
추억의 한 귀퉁이에 닿아
그렇게 상념에 젖어 여름 문턱을 서성인다

제4장 아름다운 저녁노을을 봐요 _ 노년기

내려앉은 여름

매미는 더위를 알리듯
일제히 소리가 요란하다

촘촘히 그물 치듯 내려앉는 태양
빽빽이 그물 드리운 나뭇잎은 비늘 세우고
꼿꼿하게 서서 방어한다

어쩌다 바람이 일렁이면
그림자만 다가갈 뿐
종일 찾는 이 없는 공원의 벤치
깊은 정적이 흐르는데

블랙홀 햇살 그물에 얽혀
구름은 부력을 잃고 화석처럼
움직임이 없다

긴 겨울 밤이 지나고

여름 위세에 팔랑개비도 굴렁쇠도
뜨거운 햇살에 감겨
그대로 멈추었다

여름 불꽃 이글거리고
긴긴 하루 허기가 진다

여름이 오면

움직이지 않아도
태양이 우리를 못 견디게 만드는
여름이 오면 친구야
우리도 서로 더욱 뜨겁게 사랑하며
기쁨으로 타오르는
작은 햇덩이가 되자고 했지?

산에 오르지 않아도
신록이 숲이 마음에 들어차는
여름이 오면 친구야
우리도 묵묵히 기도하며
이웃에게 그늘을 드리워주는
한 그루 나무가 되자고 했지?

바다에 나가지 않아도
파도 소리가 마음을 흔드는

긴 겨울 밤이 지나고

여름이 오면 친구야,

우리도 탁 트인 희망과 용서로

매일을 출렁이는 작은 바다가 되자고 했지?

여름을 좋아해서

여름을 닮아가는

나의 초록빛 친구야

멀리 떠나지 않고서도 삶을 즐기는 법을 너는 알고 있구나

너의 싱싱한 기쁨으로

나를 더욱 살고 싶게 만드는

그윽한 눈빛의 고마운 친구야

제4장 아름다운 저녁노을을 봐요 _ 노년기

그 때 여름 밤

그 해 밤꽃 피던 여름밤

별들이 무리 지어 흐르던 밤

달빛이 고고히 빛나던 밤

시원한 바람이 옷깃 스치던 밤

아무도 없는 밤길을 혼자 걸으며

멈춰 있는 시간을 혼자 즐겼네

속삭이는 별무리와 하나 된 나는

꿈과 희망을 쏘아 올리며

가슴에 간직한 나만의 비밀을

하늘 향해 큰 소리로 털어놓았네

풀벌레도 이미 잠든 숲에는

나뭇가지 사이로 달빛만 흐르고

아무도 몰래 피는 들꽃 무리가

길 걷는 나에게 향기를 뿌렸네

누구도 느낄 수 없는 나만의 감동

그 해 여름 밤은 마법 같은 시간

긴 겨울 밤이 지나고

나만의 이야기를 고스란히 엮어

일기장 구석에 걸어 두었네

이 밤도 그곳에는 그 때 그 순간이

고운 이야기들로 펼쳐지겠지

제4장 아름다운 저녁노을을 봐요 _ 노년기

여름에 참 아름다운 당신

마음은 바다를 향해도
몸은 고된 하루에 지쳐 있을
나의 이웃, 나의 벗
내가 사랑하는 모든 이들에게
하얀 파도의 노래를 들려주고 싶습니다

나보다 더 소중한 그 누구를 위해
뜨거운 햇살을 온몸으로 담아내며
긴 긴 하루 저물도록 걸어가는
여름에 참 아름다운 당신에게
시원한 바람의 노래를 불러주고 싶습니다

누구나 마음의 고향이 있지요
정겨운 그 고향 언덕에
늘 그리움의 집 한 채 짓고 사는 우리
그 언덕 푸른 숲 나뭇잎은 흔들리고

긴 겨울 밤이 지나고

새 소리 바람 소리 가슴을 적실 때

어디에 가면 세상에 없는 꿈이
거기 있을까요
비 개인 아침 숲
박하 내음 같은 당신이여!
홀로 조용히 시간을 더듬어 보면
산다는 것은 누구에게나 고독한 일입니다

하늘은 결코 기적을 주지 않고
인내에 응답하는 믿음을 약속할 뿐
숭고한 노동의 의미와
그 가치의 소중함을 아는
여름에 참 아름다운 당신
당신은 오늘의 빛이고 내일의 희망입니다

제4장 아름다운 저녁노을을 봐요 _ 노년기

장미를 생각하며

우울한 날은 장미 한 송이 보고 싶네

장미 앞에서 소리 내어 울면
나의 눈물에도 향기가 묻어날까

감당 못 할 사랑의 기쁨으로
내내 앓고 있을 때
나의 눈을 환히 밝혀주던 장미를
잊지 못하네

내가 물주고 가꾼 시간들이
겹겹의 무늬로 익어 있는 꽃잎들 사이로
길이 열리네

가시에 찔려 더욱 향기로웠던 나의 삶에
암호처럼 찍혀 있는

긴 겨울 밤이 지나고

아름다운 장미 한 송이

살아야 해 살아야 해
오늘도 내 마음에 불을 붙이네

유월에

말없이 바로 보아주시는 것만으로도 나는 행복합니다

때때로 옆에 와 서 주시는 것만으로도
나는 따뜻합니다

산에 들에 하이얀 찔레꽃
울타리에 덩굴 장미
어우러져 피어나는 유월에

그대 눈길에 스치는 것만으로도
나는 황홀합니다

그대 생각 가슴 속에
만개하여 피어오름만으로도
황홀합니다

긴 겨울 밤이 지나고

그대 생각 가슴 속에

만개 되어 피어오름만으로도

나는 이렇게 가득합니다

제4장 아름다운 저녁노을을 봐요 _ 노년기

유월이 오면

아무도 오지 않는 산속에
바람과 뻐꾸기만 웁니다
바람과 뻐꾸기 소리로 감자꽃만 피어납니다

이곳에 오면 수만 마디의 말들은
모두 사라지고
사랑한다는 오직 그 한마디만
깃발처럼 나를 흔듭니다

세상에 서로 헤어져 사는 많은 이들이 있지만
정녕 우리를 아프게 하는 것은
이별이 아니라 그리움입니다

남북 산천을 떠나 밀이삭
마늘 잎새를 말리며
흔들릴 때마다 하나씩 되살아나는

긴 겨울 밤이 지나고

바람의 그리움입니다

당신을 두고 나 혼자 누리는
기쁨과 즐거움은
모두 쓸데없는 일입니다
떠오르는 저녁 노을 그림자에
지나지 않습니다

나 사는 동안
온갖 것 다 이룩된다 해도
그것은 반쪼가리일 뿐입니다

살아가며 내가 받는 웃음과 즐거움도
가슴 반쪽은 늘 비워둔
반 평생의 것일 뿐입니다
그 반쪽은 늘 당신의 몫입니다

빗줄기를 보내 감자순을
아름다운 꽃으로 닦아내는
그리운 당신 눈물의 몫입니다

211

당신을 다시 만나지 않고는
내 삶은 완성되지 않습니다

당신을 다시 만나야 합니다
살아서든 죽어서든 꼭 당신을 만나야만 합니다

긴 겨울 밤이 지나고

7월의 시

7월은 나에게
치자꽃 향기를 들고 옵니다

하얗게 피었다가 질 때는 고요히
노란빛으로 떨어지는 꽃
꽃은 지면서도 울지 않는 것처럼 보이지만
사실은 아무도 모르게
눈물을 흘리는 것일 테지요

세상에 살아있는 동안만이라도
내가 모든 사람들을
꽃을 만나듯이 대할 수 있다면
그가 지는 향기를
처음 발견한 날의 기쁨을 되새기며
설렐 수 있다면

제4장 아름다운 저녁노을을 봐요 _ 노년기

어쩌면 마지막으로
그 향기를 맡을지 모른다고 생각하고
조금 더 사랑할 수 있다면
우리의 삶 자체가 하나의 꽃밭이 될 테지요

7월의 편지 대신
하얀 치자꽃 한 송이
당신께 보내는 오늘
내 마음의 향기도 보내시고
조그만 사랑을 많이 만들어
향기로운 나날 이루십시오

긴 겨울 밤이 지나고

어느 수채화

비 오는 날
유리창이 만든
한 폭의 수채화

선연하게 피어나는 고향의 산마을
나뭇잎에 다린 물방울 속으로
흐르는 시냇물 소리

물결 따라 풀잎 위엔 무지개 뜬다

그 위로 흘러오는 영원이란 음악

보이지 않는 것들을
잡히지 않는 것들을
속삭이는 빗소리

제4장 아름다운 저녁노을을 봐요 _ 노년기

내가 살아온 날
남은 날을 헤아려 준다

창은 맑아서
그림을 그린다

긴 겨울 밤이 지나고

나를 키우는 말

행복하다고 말하는 동안은
나도 정말 행복해서
마음에 맑은 샘이 흐르고

고맙다고 말하는 동안은
고마운 마음 새로이 솟아올라
내 마음도 더욱 순해지고

아름답다고 말하는 동안은
나도 잠시 아름다운 사람이 되어
마음 한 자락이 환해지고

좋은 말이 나를 키우는 걸
나는 말하면서
다시 알지

제4장 아름다운 저녁노을을 봐요 _ 노년기

가을바람

숲과 바다를 흔들다가
이제는 내 안에 들어와
나를 깨우는 바람

꽃이 진 자리마다
열매를 키워놓고
햇빛과 손 잡는
눈부신 바람이 있어
가을을 사네

바람이 싣고 오는 쓸쓸함으로
나를 길들이면
가까운 이들과의
눈물 겨운 이별도
견뎌낼 수 있으리

긴 겨울 밤이 지나고

세상에서 할 수 있는 사랑과 기도의 아름다운 말
향기로운 모든 말
깊이 접어 두고

침묵으로 침묵으로
나를 내려가게 하는
가을 바람이여

하늘길을 떠가는
한 조각 구름처럼
아무 매인 곳이 없이
내가 님을 뵈옵도록
끝까지 나를 밀어내는
바람이 있어

나는 홀로 가도 외롭지 않네

제4장 아름다운 저녁노을을 봐요 _ 노년기

봄비

하얀 민들레 꽃씨 속에
바람으로 숨어서 오렴

이름 없는 풀섶에서
잔기침하는 들꽃으로 오렴

눈 덮인 강 밑을 흐르는 물로 오렴

부리 고운 연둣빛 산새의
노래와 함께 오렴

해마다 내 가슴에
보이지 않게 살아오는 봄

진달래 꽃망울처럼
아프게 부어 오른 그리움

긴 겨울 밤이 지나고

말없이 터뜨리며

나에게 오렴